U0672036

在这执仕上，他励精图治，践行新政，成为名耀中华的一颗新星。在围参与

戊戌变法而被革职，从头到尾，他没有半点讨绕权贵的意思，致始率家革小，流离颠沛，最后终憔而亡。

他的儿子陈三立，有感于文亲的诗诵遗风，誓不为官，由书卷"网倚有大志"而义无反顾华丽转身，成了将合无期的"韬居老人"，特到思其的华体诗派。

陈家族，真是学贯东西才高八斗，了就见他那个倔强的性格，叫人无奈叹息。留学十几国，光语言就掌握二十几种，竟没有拿到一纸文凭，那怕只差着几个月半年都不妥协。他的理

独行的咏叹

朱法元 著

百花洲文艺出版社

人生写意

——《赣风》记者访谈录

赣风（以下简称GF）：作为省里文化出版界的高层领导，您常用"三从四得"这个词来戏说自己的人生轨迹，不知您的"三从四得"具体如何解析？

朱法元（以下简称朱）："三从"指的是职业，早年从军，中年从政，后来从文。"四得"指的是这些职业带来的主要收获：笔杆子、枪杆子、官帽子、够用的票子。这当然是一种幽默的归纳，也表明我对生活有一种知足而感恩的心态。

GF：文化官员的思维确实处处显示着文化人的幽默和豁达。据说，您还曾用20年作时间单位来为人生分段，具体情形是怎样的？

朱：这也许是巧合吧，我早年在故乡上下求索的时间刚好20年，后来在部队从军的时间也是20年，转业到地方工作的时间也快20年了，如果健康条件允许，退休后我争取再活20年。

GF：人们都说部队是大熔炉，您在这个熔炉里冶炼了20年，主要收获是什么？

朱：部队生活对我的影响太大了。从初中到大学的课程我都是在部队完成的，所以我说部队培养了我的文化素养。另一方面，部队也培养了我的做人品格，比如：武官不惜死，文官不贪财，这样的观念就是从部队开始受到教育的。当然还有好多，部队对我的培养是全方位的，我终生受用不尽。

GF：近些年江西散文现象引起全国性的关注，江西散文整体水平进入全国前三名的说法也已深入人心，作为江西散文名家中的一员，您是怎么和散文写作结缘的？

朱：这要追溯到70年代末的福建莆田，那是我走出深山、走进军营的第一站。莆田又是散文大家郭风的家乡，在他的关怀和指导下，我迈上了散文创作的道路。

江西是文章节义之乡，早在宋明时期，江西的散文创作就名列中华前茅，很多名家名作都出自江西。近年来，江西的散文创作可说是异军突起，阵容强大；尤其是领导干部的散文创作特别引人注目，这理应引起关注。我虽算不上名家，但与散文已结下了不解之缘，这应该和我的人生经历及思想情感有关。

GF： 文学创作的体裁很多，您为何对散文这个文体情有独钟呢？

朱： 早年我也写过小说、报告文学和诗歌，但由于工作压力一直特别大，很少有属于自己的闲暇时间。散文的篇幅较短，比较适合在零星的空闲时间完成。另外，我长期从事宣传、组织工作，对社会、人生的思考比较多，相比于其他文体，散文对思想和情感的阐释比较快捷，便于表达，但又不像时评和杂文那么直接，同领导干部的思维有相近之处。还有就是，散文的文体比较自由，形散而神不散，语言和结构都可以尽情追求优美，这些都让我着迷。

GF： 有作家说，写作的习惯就像生理需要，不写就难受，您是这样的吗？

朱： 我不这样认为。我写作更多是出于一种责任。我想人生在世，除非为生计所迫，是应该考虑为社会做点什么的。否则光想当多大的官，赚多少钱，追逐一己之欲，那就是没有担当。做其他工作是履行社会责任，写散文同样也是一种社会担承。我对自己有三个心灵拷问：走出了苦难，有没有忘记苦难？走出了山沟，有没有忘记百姓？走上了领导岗位，有没有忘记肩负的责任？我把这些拷问贯注于散文之中，期望对他人和社会的发展进步起到一点启示和推动作用。这就是我写作的宗旨，也是对散文创作的定位。

GF：您曾经是省委组织部的领导，为何会选择到出版集团工作，是不是多年的文化情结在起作用？

朱：的确如此。我在省委组织部工作了10年，得到了非常大的锻炼和收获。在有些人的眼里，组织部是灼手可热的地方，组织部的官员是管官的官，出来可惜。可我不这么看，我厌恶顶着光环做人，很害怕握权自重。我从骨子里就是个文人，对文化情有独钟。你看，我现在是写书、编书、策划书，为人们提供精神食粮，其意义说多大有多大，不是其乐融融吗？我分管出版工作时，和大家一起，致力于人才、精品、营销、走出去、延长产业链"五大工程"，给自己定了四个目标，即：培养、推出一批出版人才，尤其是要推出大量的新人新作；组织出版一批有文化积累和文化传承的精品力作，同时努力把中国文化推向世界；打造精品教材教辅，为教育服好务；自己在工作之余，努力多写点作品。还好，经过几年的努力，这些方面都有一些收获，我感到很欣慰。

GF：从您的作品中可以看出，您早年在故乡的生活是极其贫困和艰辛的，但您对那段生活的回忆却又是深情的，为什么会这样？

朱：苦难造就了我对故乡的深情。我觉得人生不可不经历苦难，没尝过苦就不知道甜，没经历过苦难就不知道何为幸福，就生不出真正的感情。我们不必要制造苦难，但苦难是客观存在，就看你愿不愿意去历练。经历过苦难之后，你才会记住那片让你刻骨铭心的土地，以及和你一同走过苦难的人。我觉得从政者必须有苦难的经历，这样他才会了解民间的疾苦，从而做到体恤民情，执政为民。否则就只会以权谋私，欺压百姓没商量。

GF：以您现在的阅历，您觉得人生最重要的是什么？

朱：抽象点说是品德，具体点说是心态，再说得深入点就是禅心。面对人生的奔波劳碌，面对复杂的社会环境，一定要有禅的心境。有了禅心，对己就会安然，对人就会释然，对事就会淡然。禅心并不是说不求上进，而是一种得之不喜，失之不忧的心态。我主张在事业上要有所追求，但不可强求；在社会交往中要情感为重，不要利益为重；在个人生活上也要恬淡自然，不要被欲望和虚荣所绑架。即便是教育子女也要如此，不要强求优秀，能把人做好就行。

（注：本文刊《赣风》第37期，原题为《写作源于责任》，记者为著名散文作家范晓波）

目录

代序 《赣风》记者访谈录

第三辑　咏时

独行是一首歌
——为善与美咏叹。

独行的咏叹　第一辑

咏事

选择

　　1996年，我脱下军装，结束了我受之培养受之锤炼为之奋斗为之自豪的军旅生涯，回到地方工作。

　　转业是我人生旅途中的一次艰难选择。从军20年，官至正团，可以说是军队改变了我的命运，不是有幸进入了军队这所大学校，我恐怕一辈子都只能在山沟里当一个愚顽之徒。我对军队的崇仰、感恩是刻骨铭心的。可为什么又要离开军队呢？个中原委真是理不清道不明。我只能说，信仰不改，忠诚不变。归根结底，是性格决定了走向。

　　军转干部安置历来是一件难事，地方单位不愿接收，军转干部本人有苦难言。说来又都情有可原。军转干部都是部队多年培养起来的优秀人才，并非淘汰下来的，牺牲奉献几十年，回到地方想安排个好些的工作，有什么错呢？而每年一批干部涌向地方，哪个单位都是僧多粥少，仅有的位子，多少人望眼欲穿在等待？军转干部一来，又填满了，岂不是招来了女婿气死了崽？所以，虽然中央三令五申，说接收军转干部是政治任务，事关国防大业。从中央到地方，每年都要郑重其事召开会议，下发文件，拿出许多措施，但安置工作还是异常艰难。

这是否是体制之痛？

可我确实是个例外。

我转业安置不是自己找单位，而是几个单位"抢"我。这一是说明了个人素质的重要，二呢，我就在省军区工作，与地方靠得太近，容易了解。我干的宣传工作本是军地相通的，其时我不仅在军队，而且在地方一些部门已享有较高的声誉（有点自夸，但是事实）。所以一听说我转业，好几个单位便纷纷到军转安置办去要人。搞得省军区领导把我当做典型，多年后还在宣传。

最后，我被安排进了省委组织部。

刚开始我真的不知道组织部有什么好。按我起初的想法，是想进宣传部，因为我毕竟在部队干了多年宣传工作，属于本行，轻车熟路。因此当省委组织部的徐祖松副部长找我谈话时，我还说要考虑考虑。徐部长是我在部队时的老领导，德高望重，很受我尊敬。他满脸堆笑，一边吸着烟一边意味深长地说，那我给你一天时间，考虑好后回我的信。我其实自己没什么考虑的，只是几十年养成了良好的组织纪律性，什么事情都要听领导的，于是赶快把这个消息向部队领导作了汇报。省军区领导听罢连连埋怨我，说能到组织部还有什么说的，是天大的喜事啊，别人挤破头都进不去，你傻逼一个还考虑啥呢？赶快答应吧！我这才知道这管官的部门有多么大的吸引力。后来还深知，世态在这里是如此聚焦，多少角色在这里尽情挥洒，官场万象层出不穷！

这是否又是体制之痒?

我进入了这个当今政界漩涡的核心,却没有做核心的事,而是担任了研究室的调研员。看来部长刘德旺真的是把我作为"人才"引进的,不仅在我不知晓的情况下把我"挖"了进来,而且没有按常规降职安排,正团就安排了正处。部长的意思是,既然引进了人才,就要善待人才。为此,我至今对部长感恩于心,深怀敬意。进来的第二年,研究室主任下县里挂职锻炼两年,部长要我主持工作,这样,我便当了两年的代理主任,我戏称是帮主任打了两年工。

两年刚过,"三讲"又开始了。省委决定组建"三讲"办,主任、副主任都是省委领导和省委相关部门的领导,工作人员就我一个,任命我为综合组长,负责组建工作。我赶忙请省委办公厅安排办公地点,向各部门抽调干部,置办办公用品,紧接着就一头扎进了没白没黑的组织会议、撰写材料之中。似乎还算干得不错,先是

中央"三讲"办要调我过去,省领导坚决不放,理由是江西的这项工作离不开我,原话是"他走了江西怎么办?"这话使我很无奈,当然我还没有头昏,其意当然是指我在江西的"三讲"办承担了一份责任,一时难以抽身。但却也使我深受感动,说实话我当时真的不觉得可惜,反而促使我死心塌地"为省尽忠"在所不惜。后来组织部办公室主任提拔了,我又通过竞争上岗当上了办公室主任,两年后又提拔当了助理巡视员。

应该说我在组织部的几年是工作上屡屡出彩的几年,也是仕途上一帆风顺的几年。然而殊不知,在这期间我又面临了一个重要的选择:进与守的选择。本来一个人选择了转业,也就说明他在军队已是不思进取的了。人到中年,华丽转身,在地方也不可能想有多少发展,只要能安排个好些的单位,安度后半生足矣。可我却"梅开二度",猛然在一个新的单位迅速"崛起"。这不仅没有给我带来什么骄傲,反而令我感到惶恐不安。我深知"木秀于林风必摧之"的道理。到一个新单位,做事情太冒尖了不好,很不符合儒家的中庸之道,这是众所周知的规律。怎么办?是走中庸之道、甘居中游,还是尽心尽力、不辱使命?说实话当时的领导对我确实寄予厚望,不仅委以重任,而且言听计从,放心放手,我没有理由不好好干。于是我毅然决然地选择了后者。我承认我还没有修炼到"韬光养晦、善于守拙"的境界。我更深知"士为知己者死,女为悦己者容"的道理。比如第一年,我进部里才四个月,那年年终召开全省组织工作会议,要起草一份重要的讲话稿,当时我正在井冈山出差,部长连夜把我调回来,要我担纲。我想这是我到地方工作后的第一次出手,当然不遗余力,竭其所能。也许是我的运气好,抑或是我的材料碰巧写对了路,结果成功了。你看,我不这样做行吗?不久,在筹划来年工作时，部长又找到我，说想组织编写一部关于"组织工作大系统"的论著，要研究室负责完成。那时正是风行"新两论"即《系统论》、《控制论》的年代。用系统论统揽组织工作还真是个创举。我发了好久的愁，心想我做吧，真的是件难事，对"新两论"我研究不深，对组织工作也刚刚入门，真是"狗拿刺猬没处下手"。不做吧，部长那话说得轻、落得重，我个人无所谓，可研究室的名誉要紧啊！于是我只好硬着头皮，拉上几个人，扎扎实实干了一年，年底一本《组织大系统概论》在中央党建读物出版社出版，得到了中央组织部三位领导的好评。第二年春天，吉安地区的《井冈山报》上刊登了一篇长篇通讯，介绍该地区副专员吴成生的先进事迹。一天，部长把我叫去，拿出那张报纸给我看，只见报头上写了几行字，前面是时任省委书记吴官正写的，内容是批转组织部牵头调研一下，如事迹确实不错，可做典型宣传。后面是部长责成我负责这件事。我立即请省委宣传部派一人，请《江西日报》派一人，组成一个以我为组长的小组，奔赴吉安。后来就是省委做决定，先是在江西做典型宣传，接着引起了中组部的重视，组织了中央7家主流媒体，作为领导干部的好榜样，在全国进行宣传，列入了当时鼎鼎有名的"一孔（孔繁生）三吴（另二位为信访干部吴天祥、援疆干部吴登云）"的全国重大典型行列，产生了轰动性的效果。那一年，吴成生作为先进典型出了名，而我是作为宣传典型出了名。那一年，我真是拼死拼活，直累得高烧不退送医院抢救，结果又碰到了误人的庸医，烧退了，却无端搞出个高血压来，至今药不离身。再后来就是抽调去搞"三讲"。这些事，没一件是我自己主动揽来的，都是领导交办的。如果要我为了明哲保身而故意不做好，或是要滑头推卸，那不是我的性格！

回想起来，那些年我之所以得心应手，风调雨顺，究其根源，还是在于有一个良好的工作环境。领导器重自不必说，我前后跟随的领导，可以说个个把我当做人才，对我信得过、看得起，恩重如山；部里的弟兄们，乃至全省组织系统的战友们，更是对我高看一眼，厚爱一分，无论新老，都结下了深厚的友谊。没有他们的关心支持，我真的会一筹莫展，一事无成。我自己当然也是尽量低调做人，积极做事。心想不管怎样，我一定要做到"三个绝对对得起"，即绝对对得起领导、绝对对得起同事和部属、绝对对得起自己的良心，其他的都无所谓。如今我离开组织部十多年了，许多领导干部、几级组织部门的同志，至今都还没有忘却我这个微不足道的小人物。每当我参加省委组织部承办的会议，见到会场上的工作人员时，他们对我那种发自内心的尊重和关心，总是令我感叹不已。记得有一次我到一个市委组织部联系工作，我想我离开组织部门多年了，人们应该把我忘了吧，也就没有惊动他们，打算办完事就走。谁料一进门，就有好几个老熟人来了，我们紧握着手，都异常激动。他们说，听说是你这个老领导来了，大家都非常高兴，都要来见个面，打个招呼，就连部里的两位老司机，都与我聊个没完。这大出我意料，也使我深思：为官一任，多么有讲究啊，"政声人去后，毁誉身退时"，只要自己踏踏实实做人，兢兢业业做事，道义总不会亏待你，人们总不会忘记你，人心就是一杆秤！

　　人生的选择是艰难的，有时甚至是痛苦的。可人的一生又总会面临种种选择。有的人受环境条件限制，无法选择，只能随波逐流，随遇而安，这很无奈；有的人为求一己之利，选择走旁门左道，不惜出卖灵魂，卑躬屈膝，投机钻营，这很悲哀；而有的人誓死坚持自己的做人原则，"一点浩然气，千里快哉风"，遇知己以

身相许，逢势利佛袖而去，宁可放弃个人利益，也要保住人格和尊严。愚以为，这很高尚，也很潇洒！

　　几年后，我还是离开了组织部这个培养我教育我、给我磨砺给我温暖、令我终生难忘的"娘家"，又一次下决心选择了撤退，遁迹于文化界，干我自己喜欢干的事情去了。

（2013年12月30日作于南昌孤云阁）

X光机的故事

故事发生在本世纪初。

一次中央政治局召开会议，会议结束时，一位中央主要领导同志请记者、工作人员回避一下，关起门来对大家说，有一个问题我很纠结，为什么现在的干部犯错误犯罪的这么多？提拔的时候都是好的，一提起来就不行，提一个倒一个，很痛心啊。能不能找到像x光机那样，考察干部只要快速一照就知道有没有毛病？

他的这番话没有记录，没有媒体传播，可很快就不胫而走，在党内特别是组织系统内迅速流传。

其时我正在中央组织部参加研究室主任研讨班，研究的课题就是深化干部人事制度改革，探讨如何选好人用好人的问题。这一提问引起了我的深度思考。在我们党的历史上，反腐败斗争一直没有停止过，随着改革开

放的不断深入，力度也在不断加大。可为什么总是"前腐后继"，有那么多人顶风作案、冒险腐败呢？这其实是整个国家治理结构的系统工程，只抓哪个环节都不管用。选人用人是吏治之基，是防止产生腐败官员的基础。我们常讲要坚持德才兼备、以德为先，要选拔想干事、能干事、干成事、不坏事的干部，要任人唯贤，不要任人唯亲等等。在方法、途径上也探讨出了诸如公开选拔、竞争上岗、量化考评、末位淘汰等许多新鲜玩意，可效果都不理想。腐败官员中，有的是带病提拔的，有的是提拔上来后变腐的，反正是层出不穷，防不胜防反不胜反。这不仅是中央领导心中的痛，凡有点忧国忧民情节的国人哪个不心痛呢？作为身在组织部门工作的人来说，就更是苦恼之至了。于是我也想，这个"快速x光机"到底有没有呢？有又在哪里呢？结果我还是在"民主"的筐子里找到了答案。这个"快速x光机"确实有，早就摆在那里，好多国家和地区已经用了很久了，那就是：人民群众。只有人民群众，才能最有效地监督干部、选好干部，用好了这个"x光机"，就能解决好不选错人的问题。即使选上来他想腐败也腐不成。

　　带着这个观点，我连夜勾画了一个设想，兹录于次——

关于"快速X光机"组成的思考

　　"快速X光机"究竟在哪里？怎样才能找到？这是中央领导给我们各级党委、领导特别是组织部门的同志提出的一个严肃课题。他之所以讲要"找到"，并没有讲要"制造"，说明"快速X光机"是存在的，它就是广大干部、群众。只有广大干部、群众，才具有高明的洞察力、透视力，每个领导者的思想、作风、工作能力，在他们面前都一清二楚，一览无遗。

　　由此推论，从干部考核工作看，"快速X光机"应由以下4个部

分组成：

快速 X 光机——广大干部群众。

被透视者——接受考核的干部。

操　纵　者——组织部门及所组成的考核人员。

主治医生——决策层的党委、领导。

以上4个部分，构成了运用"快速 X 光机"考核干部的完整系统，从四者的关系看，"快速 X 光机"是根本，操机者是关键，被透视者是基础，主治医生是前提。因为，离开了广大干部群众，也即离开了"快速 X 光机"这一主体，考核干部就谈不上准确性、科学性；操机者即考核人员方法不正确，机器再好也会用歪；被透视者也并非完全被动的，这就要看他愿不愿意接受透视，会不会遮盖自身的弱点和毛病；最后，主治医生即决策者还要真正运用考核结果选人用人，这是干部考核工作的前提。

紧接着我又摆出了当前干部考察考核中存在的问题：

第一，不愿意找 X 光机，习惯于用听诊器。

第二、X 光机的功能开发不够。

第三，有的被透视者具有躲避 X 光射线的本事。

第四，由于 X 光的扫描范围过窄，导致假相掩盖真相，出现察人的片面性。

第五，主治医生的不正之风，使 X 光机透视的结果不能作为选人用人的依据，使考核工作和任用干部成为"两张皮"。

最后，我提出了解决问题的见解：

首先，必须真正打开"快速 X 光机"，即扩大干部考察考核面。

其次，必须全面启动"快速X光机"的功能，即改进考察考核干部的方法。

再次，必须提高操机者的技能，即提高考核者的素质，确保考察考核质量。

最后，还必须有一套防止主治医生乱用药的措施，即在察人与用人上防止脱节的现象。

在小组讨论时，我就这个问题作了发言。事有凑巧，那天中组部研究室的谷主任参加了我们小组讨论，他听了我的发言后，觉得很有意思，立即向部领导作了汇报，建议列入大会交流。按照培训班的安排，培训结束前，要进行一次学习交流，每个小组抽调一位学员做代表发言，我那个小组的代表本不是我，我是作为一匹"黑马"杀出来的。大会发言就不同于小组了，组织者很慎重，还邀请了中组部的局长们出席。我得精心准备发言稿，还要交各级领导反复审查，不妥之处还要做些修改，一字一句都得在掌握之中。结果当然是很精彩的了，引起的议论很多，中组部后来还编进了《组工通讯》发表。这事到这儿本来就算了结了，不料节外生枝，紧接着又唱了一出。第二天，上面传下令来，说是中央领导要来参加培训班的总结大会，会上又安排了三位同志作典型发言，然后就是总结报告，最后是请中央领导发表重要讲话。谁料三个代表发完言后，主持会议的领导突然问："听说江西的主任讲得很好，今天再说说怎样？"顿时全场一片寂静，几个同组的同志都为我捏了一把汗。我一下被搞懵了，心想自己一心来听会，认认真真在做笔记，可以说是毫无准备，再说稿子也没带啊。怎么办？事已临头，我只好硬着头皮，索性打开思路，淋漓挥洒，尽情发挥，结果讲得比大会交流还要精彩，时间也没受限制，大大超过了一般发言的几分钟。台上，领导们也听得饶有兴趣，中间还不时插话，做一些点评，即时发言取得了圆满成功。

后来听说我的这篇稿子还呈送给了中央主要领导同志，还听说领导作了批示。当然那是只有高层才能看到的，属实与否我不得而知。

前文提到，反腐败也好，选拔任用干部也好，都是整个国家治理结构中的个别环节，要从根本上解决问题，必须依靠全面深化改革尤其是政治体制改革，必须在建立中国特色民主政治体系上下工夫。但问题总要一个一个解决，路总得一步一步走。回想起来，寻找"快速X光机"不也是很有意义的事吗？可惜的是，直到现在，有多少地方多少人拿起了这个X光机呢？

（2014年1月1日作于南昌孤云阁）

人机对话

　　人在仕途，跟上了好领导是福分。

　　什么领导才是好领导？我的体会是：工作上是高手，生活上是益友，学习上是良师，品行上是典范。

　　我十分庆幸自己，转业到地方工作后，遇到的都是好领导。他们德高望重，风清气正，攻艰克难，所向披靡。我在他们的培养教育下，潜心问政，躬身实践，投身改革大业，点滴奉献人民，度过了人生一段最舒心的时光。至今忆及，尚有无限感慨；与一些不良官员相比，更生万千蹉跎。

　　韩京承就是我一生受用不尽的好领导、好师长。

　　我进省委组织部后，作为副部长，韩京承分管了我几年的工作。先是我主持研究室工作，他分管；后来在省委"三讲"办，我当综合组组长，他是"三讲"办副主任，又是他分管。跟着他工作，辛苦是不必说的，他是个一丝不苟、追求卓越的人，宁可自己受苦受累，也要做到最好。因此我们的工作年年都有几项出彩的，上下左右，就连我们的竞争对手也不得不认可。他见我跟他做事得心应手，很有功力，于是就分配一些其他处室的工作给我做，研制人机对话系统就是一例。

人机对话系统又叫自适应测试系统，最早见于上世纪90年代中期美国的托福考试。其原理就是在建立大型题库的基础上，设计出至少三种功能：一是设立选择性的答题界面，让考生在计算机上自行答题，系统可随时给出评分；二是可对考生进行全系统、全方位的辅导；三是可即时生成若干套书面试卷，供集体考试使用。

1998年秋，中央要求在干部队伍中大力开展学习邓小平理论活动，干部教育也明确要以邓小平理论为主要教材。那么究竟怎么学才能学得更深更透更好？作为分管的领导，韩京承对此考虑得很多，他的观点是，发了那么多书，花了那么多钱，安排了那么多时间和精力，就不要搞形式走过场了。不搞则已，要搞就搞出水平搞出实效。于是他又叫上我，要我和干部教育处的同志一起，研究出一个创新性的办法来。

干教处长严小平是部里的老处长，瘦高的个子，白净的面皮，俨然一个文雅秀气的书生。他是上海人，说话轻言细语，对人礼貌有加。他知道我是宣传处长出身，在主持部研究室工作中已略显才能，他也知道韩部长之所以要我来进入这项工作，主要是要在教育手段、方法上有所创新。所以他对我说，搞这个我不在行，全靠你了。至于后勤保障，包括经费，就由我来做，保证到位。我听了当然很感动，无论从自己、抑或从领导同僚的角度，都要做出点名堂来；否则难以交账啊。

我在对干部队伍学习理论的历史、现状以及发展需要进行了反复调研之后，决定做些新的尝试。我找到时任江西师范大学计算机系主任、计算机方面的专家王文明教授，请他论证能否将人机对话系统改造应用于邓小平理论的学习测评工作。他很快就答复了我，说完全可以。我立即向部里写了报告，要求成立工作小组，着手进行研制工作。我们这个小组规模很大，规格很高。我作为组长，总揽全面工作，重点负责内容的编排设定；王教授负责系统的设计；由时任省社科院院长傅伯言和省委党校常务副校长曹泽华牵头，组织省内理论界的知名人士，主要有尹世洪、王晓春等，负责题库的建设工作。经过几个月的艰苦努力，一个"干部理论学习人机对话系统"终于闪亮登场，经在省委党校几个培训班试用，获得了厅处级干部的广泛好评。

时令已进入寒冬。1999年1月，中央组织部召开全国干部教育工作会议，会议要表彰奖励一批干部理论学习教育的优秀论文，当时我们的人机对话系统因还在研制之中，所以没有报上去。临开会的前两天，韩部长亲自向中组部报告，想把这个系统带到会上演示一下，得到了中组部的同意。于是临时增加我和王教授为参会的代表，把人机对话系统演示列入会议议程。我们就这样带着这个系统，以这种罕见的方式，"挤"上了中组部的会议。

会议地点是在京郊怀柔一个叫宽沟的地方。

宽沟的确名副其实，它处于燕山山脉中段，顺山而下形成一道沟壑，长约十余公里。沟里建有几个山庄，颇适合开会办班。我们到达的那天，正逢冷空气南下，当晚彤云密布，朔风怒号，次早纷纷扬扬，降下一场鹅毛大雪。清早起来，我往窗外一望，但见燕山上下一片银装，蜿蜒的慕田峪长城通身素裹，愈加雄伟壮观，令人心旷神怡。

那天的会议很有意思。按议程安排，由我介绍系统研制过程及使用方法；由王教授现场演示；然后就是回答提问。头天晚上，我因被燕山飞雪所醉，精神大振，兴致盎然，夜不能寐，竟就裹着棉被草成一篇，取名为《燕山看雪》。折腾了大半夜，却又搞得睡眠不足，第二天强打精神做介绍。不想介绍到一半时，会场上就开始躁动，大家对这个新的玩意儿相当感兴趣，都争先恐后提出问题，我顿时像打了鸡血，立马来了精神，发言自是超常发挥。我们介绍、演示完后，当场就有很多单位要订购产品。我们一合计，临时准备订单，临时估价预售，搞得本来很正规的会场一下乱了套，成了一个订货会。不过中组部领导非常高兴，觉得这是一件大好事，是会议意想不到的收获，更是干部理论学习方面一个有益的突破。会议表彰时，中组部领导找到评审专家，专门对这个课题进行评审，一致认为应该给予奖励，并且认为应评为一等奖。可一二三等奖均已确定，要动就得重来，时间又不允许，急切间只好专设一个特等奖。就这样，我们这个"挤"进会议的课题，还"挤"出了个大奖。

很可惜，种种原因所致，这个系统后来并没有推广应用。一个富有创新、非常实用、且得到多方认可的项目，最终却在费了劲、获了奖后，打进了冷宫。

（2014年1月4日作于南昌孤云阁）

忠诚

　　我当办公室主任时，"江湖上"曾流传着几句顺口溜：好的办公室主任要像狗一样忠诚，像牛一样勤奋，像马一样快捷，像猴子一样灵活，像猪一样会吃。这话乍听起来很贬义，仔细一想，却又是对办公室主任的高度夸奖，或者说是对办公室主任素质的形象要求。

　　有一件事，我记忆犹深，可以说是以上形象概括的典型写照。

　　这件事发生在本世纪初，那时正是"三讲"教育搞得如火如荼的时候。无论是讲学习、讲政治、讲正气，井冈山都是一本很好的教科书。有一次，中组部办公厅的王尔乘主任告诉我，部里准备组织一批优秀年轻干部上井冈山，让他们重走红军路，重温革命传统，进行一次心灵洗涤和党性锻炼。他委托我负责做好学习教育活动的所有安排。那一次，我是真的攒足了牛马精神，从组织参观学习到吃喝拉撒，一应大小事务，全部做了周密安排，并抽调了李洪涛、赵斌等得力干将全程保障。我向王主任立下军令状，说除来回车次请部里安排外，其余一应事务都由我们负责，保证搞得部里满意、上山的同志满意。

我意识到，中组部的同志一般都是上过井冈山的，这一段革命传统也都记得真切，如果按照一般路数组织学习参观，没有什么新意。于是我就从他们的实际出发，安排了几个特别的活动，后来实践证明，都收到了意想不到的效果。

上山之后，第一课当然是参观瞻仰，我有意压缩了其他纪念场所的停留时间，而把主要活动地点放在小井红军医院。这是个令人异常悲愤的场所，当年国民党反动派会剿井冈山时，红军医院来不及转移，130多名伤病员和医护人员全被杀害，只有院党总支书记曾志因怀孕临盆，提前下山到老乡家中分娩，无形中逃过了一劫。后来曾志闻知噩耗痛不欲生，恨自己没有与战友们一同赴死。临终时她立下遗嘱，死后要把骨灰埋在烈士墓侧面山坡上，规定"三不"：不垒坟堆，不立墓碑，不准在坟前献花圈。她要默默无闻地守护在战友们的旁边。我在向学习团的同志们讲述了这些历史后，带着他们来到曾志坟前。

坟确实很不起眼，只有一个小小的土堆，仅仅是挖了一圈小沟，与山坡有所区分而已。坟头不知是谁竖了一块很不规则的小小青石板，外加几块草石。许是来的人太多之故，坟前已被踩踏出一块约三四平方米的平地，算是坟坪。坪上留有一些残香纸灰，说明这里还是常有人来祭奠的。

不出所料，学习团的同志一到这里就激动起来了，因为这里长眠的，正是他们身边的好领导——中组部的老部长啊！人们蜂拥着，争先恐后往前挤，小小坟坪如何容得下几十个人？我只好请他们排队，

依次前往哀悼。很多人站在坟前就不走了，几
个女同志开始是默默流泪，接着有人在抽泣，
再往后，抽泣声变成了一片呜咽声。不知是
谁，带头在山坡上采摘野花，然后大家都去采
摘，很快，一束束黄白相间的野花，带着淡淡
的芳香，带着人们对老部长的满腔情怀，铺满

了坟坪、坟头，铺进了所有人的心田。

在学习参观期间，我还安排了一次别开生面的体验活动：到群众家中参加一天劳动。我要井冈山市委的同志挑选了几户有特点的人家，设计好劳动项目，特别叮嘱午饭要卫生简洁，要收下学习团同志交纳的伙食费。然后把30多人分派到十多户农民家中，每户3—4人。井冈山的群众是非常敦厚淳朴的，他们像迎接亲人一样，把家中打扫得干干净净，整整洁洁，还早早的准备了茶水干果，热情大方地把学习团的同志带到家中。一天的活计，花色多样，有锄草整地的，有搭棚牵瓜的，还有织席编篓的。大家感到很新鲜，干得很卖劲，一天下来，许多人腰酸腿疼，汗流浃背。累了饿了，吃起老乡做的家常饭来，特别香甜，特别有味。一个个都受到了老表们的夸奖。我说这些农活都是最轻的，重的还有耕田耙地、挑粪担桶等等，那才真叫苦种田呢。他们听了感慨不已，连说深受教育，不虚此行。

后来，中组部领导感到这样的活动很好，对加强组工队伍建设、多接地气、更好地增强群众观念，都有益处。此后，又安排了几批人员上山，其中有青年干部，有局处领导干部，还有离退休老同志，总计约有一百多人。通过这些活动，也拉近了我们和中组部的距离，那些年，中组部的同志很多与我成了好朋友，讲到江西，讲到我，都是充满了感情，我们的工作自然也得到了他们更多的关心和帮助。

　　只是，我在自己个人的事情上，从没有找过他们。虽然我的"官运"在人生的后一阶段很不如意，甚至可以说受到了很不公平的待遇，我还是不愿意向他们诉说，不愿意增添他们的麻烦。这一点，成了我终生的骄傲与自豪！

（2014年1月5日作于南昌孤云阁）

回望洪流

　　一九九八，世纪之交。这一年，不知我们的国度里有什么大错得罪了天公，使得他老人家大发雷霆，倾尽东海之水，注向华夏大地。从5月到8月，整整4个月内，多是大雨倾盆，不见天日。长江、松花江、嫩江，犹如千万匹疯狂的烈马，咆哮着，奔腾着，毫无羁绊地冲往东方，撞向堤坝。一时间，华东告急！中原告急！东北告急！湖北、湖南、江西、安徽、黑龙江……无数田野、村庄、城市，均危如累卵、险若倒悬。多灾多难的中华民族，又一次经受着亘古少见的自然大难的考验。

　　在这千钧一发之际，国人从纸醉金迷中、从唯我独尊中、从只问金钱不问国事中惊醒了，中华民族万众一心抗御国难的精神一时复苏了。他们离开了牌桌酒桌，抛掉了麻将杯盏，在中央领导的强势号令下，跟随着英勇的人民解放军浩荡队伍，奔赴江边，奔赴险堤，用沙包，用木桩，用人墙，用血肉，构筑着一道道抗洪的铜墙铁壁，谱写着一曲曲抗洪的豪情壮歌。

其时，我作为省委组织部的一员，曾五次带工作组深入灾区，先后到了上饶、九江、景德镇等市及所属的十八个县（市、区）；足迹遍及环鄱阳湖和长江沿岸的五十余座堤坝，乘坐过包括货车、手扶拖拉机、机帆船、小木船在内的七种交通工具，在被洪水冲毁的地段，徒步跋涉累计近百里路程，在鄱阳和湖口还两次遇到差点儿送命的险情。近两个月的时间里，在灾区，在抗洪第一线，目睹了摧枯拉朽令人胆寒的巨大灾情，亲历了广大军民与洪水殊死搏斗的无数个壮烈场面，感受了人与人之间久望而不得的那种无私无愧患难与共的感人情景。所有这一切，都如铁板之烙印，存在于我的心田，久久磨灭不去……

最可怕的灾难

天灾是可怕的，真正的天灾是不可抗拒的。人们只能在灾害来临后抢险救灾，想"抗"是不可能的。无论是"抗洪""抗旱""抗震"等等，都是笑话。

那年的雨真下得邪乎，从夏天到秋天，连下了三个多月。这样的下法，神仙怕也抵挡不了。我第一次到灾区时，正是第一场洪水刚过，那情景就像遭遇了一次大的劫难。弋阳、横峰等县的大片农田满目疮痍，一片狼藉；到处是倒塌的村庄，冲破的河堤。铅山县武夷山镇有一个村子建在一条山溪边上，夜里村长隐约感到有危险，便强令村民撤离，翌日早上回来一看，60多户人家的村子连影子都找不到了，山溪已变成宽阔的大河床，河床上全是石头，大的足有几千斤！我第二次是乘船到鄱阳湖，站在长长的湖堤上看去，一边是数万亩稻田和散落其间的数十个村庄，一边是一望无际的湖区。由于连续降雨，湖区流域水量猛增，本是出口的长江又形成倒灌，因此湖水直线上涨，湖堤内高外低，成倒悬之势，就像一偌大的水盆顶在头上，随时都有倾盆而下的危险。而湖堤呢？因被雨水浸泡太久，已松如烂泥，我们用一根竹棍子轻轻一插，就可插入几十公分。堤上常有泡泉管涌，只要发现不及时，就会破堤决口。所以那时最重要的就数巡堤，丝毫马虎不得。那些天，我们乘快艇在湖中来回，只能以最慢的速度航行，就怕波浪冲垮湖堤。看到那清澈的湖水，看到那泛着粼粼波光的阔大湖面，要是在平时，就说明这里生态环境相当好，水质一流，不知该有多高兴了。可此时的心情正好相反，就盼着湖水快点变浊。因为水清就说明长江口的水位高，把出口堵住，湖水动不了，才沉淀变清。只有长江水位下降了，湖水能下泄畅通，水才会变浊，险情才会排解。

天灾固然可怕，可细究起来，还是人类惹的祸，起码是人祸加重了天灾的分量。比如植被的破坏，造成水土流失；森林的减少，造成储水失衡等等。以鄱阳湖为例，本来湖区面积足以容纳几十年、上百年一遇的洪灾，可人们硬是要围湖造田，强行把湖区缩小了近十分之一。大自然形成的客观规律，你硬要违背甚至破坏，大自然当然就要惩罚你了。我想不论是水灾，还是旱灾冰灾雪灾，甚或地震灾害等等，都不例外。从这个角度看，人类的发展，只能是循序渐进，适应和运用自然规律。绝不能竭泽而渔，搞"人定胜天"那一套。得罪了天公，后果就不堪设想，谁也承担不了责任。

最可爱的人

灾难来临，人们想到了军队。

灾难来临，人们看到了军队。

我不知道世界上还有那个群体能比得上军队的应战能力和牺牲精神。几乎任何一个国家，只要有灾难发生，总是把军队摆到了抢险救灾的第一线。而中国的军队更是充分体现了拼死为民的崇高风采。把"最可爱的人"的称号赋予我们的军队，应是当之无愧的，也是谁都撼动不了的。

九八抗洪中军队舍生忘死的报道已是屡见不鲜，无数事例催人泪下，感人至深，甚至出现了因连续扛土包而累死在堤坝上、因赶赴险段而淹死在途中、因救群众而献出年轻生命的可歌可泣名垂千古的英雄事迹。抢险最紧张的时侯，要数"决战九江"那一段了。其时我正在那里参加长江堵口的艰难决战，亲眼目睹了人民军队奋不顾身的一幕幕场景。真是哪里有危险，哪里就有我们的战士，堤坝上他们奔跑起来是一阵风，一张张脸上，已看不出面容，几乎全被泥巴糊上了。只要一换下来，他们就像松了发条的弹簧，立马倒在休息的地方动弹不得，一分钟不到就进入了梦乡，连叫吃饭都叫不醒。晚上回到宿营地，脱下裤子，就是一片惨叫声，汗水加湿热，已使他们绝大多数出现了烂裆，胯下红肿溃烂，惨不忍睹，许多女医生为他们上药时，心疼得泪流满面，手都发抖。就这样，我们的军人们，上了堤坝还是扛着土包奔跑如飞，喊声震天。

军人们的精神深深感动了老百姓。在九江，另一种感人现象同样催人泪下。城里的青壮年都上了前线，那些"993861部队"（指老人妇女儿童）就自动承担起了后勤保障任务。听说堤上的部队需要解渴的饮料，就纷纷自己掏钱购买绿豆、白糖，熬成汤送上大堤。后来有人说甜汤不解渴，人们又改成用各种中药材熬成的清凉饮料，既解渴又清热解毒，很受战士们的欢迎。一时间，九江城的中药铺里这些药材竟脱销了。人们听说有战士累病了住进了医院，那些大妈大婶们都熬了鸡汤送往医院，医院里经常是送鸡汤的排成了队。有一天，不知从哪里传出消息，说战士们扛土包都把肩膀磨破了，应该给他们做些垫肩，一个晚上，妇女们就做成了5万双垫肩送到堤上。抗洪抢险期间，整个九江市几乎对军人全免费，打的不要钱，买东西不要钱，进餐馆不要钱。有一次一个战士到一家小卖部打公用电话，店主人收了他的电话费，被一个出租车司机看到了，立刻引来了一群人，硬逼着店主把钱退掉，店主找不到战士了，没法退，他们就把那个小店砸了个稀巴烂。

我曾经问过九江的老百姓，为什么这么热爱军队？他们的回答几乎是异口同声的，那就是两个字：良心！他们说，大难当头，只有人民军队才能这样舍生忘死地冲在最前面，他们是在用生命保卫我们的城市保卫我们的生命啊！看到这些来自全国各地素不相识的年轻人，看到他们累得那样惨，我们心都是疼的，还有什么舍不得给他们呢？

我若有所悟。是啊，不论何时何地，我们的军人们，只要他们怀着忠于老百姓的赤胆忠心，甘于付出，为老百姓流血流汗。就能换来"最可爱的人"的光荣称号。战争年代如此，和平年代也是如此。

最可回味的现象

那是一个炎热的上午，我们乘机帆船赶赴一个乡去检查抗洪情况，船行至鄱阳湖的深处，忽见滔滔洪水中，远远的有人影晃动。驶近一看，原来是一段约100多米的断堤，堤的两头均已被洪水冲开缺口，堤上挤满了一两百人，都是老幼妇孺。在他们身边，还有数不清的牛羊猪鸡等家畜家禽。见到有船来了，堤上的人们拼力挥手呐喊，向我们求救。我连忙叫船工将船靠了上去。

上堤一看，只见这是一道封闭的围堤，堤内足有几十平方公里，中间是肥沃的土地，两边是依堤而建的数十个村庄，为一个乡的建制。堤的上游就是信江的入口，平时江水在堤头分叉，从两边注入鄱阳湖。所以这里外面四周是水，形如一个小岛，岛内土肥水美，下种即丰收，老百姓有歌谣道："三年无洪水，懒得吃红米"。的确是一个自然的鱼米之乡。然而这一场大水下来，这个鱼米之乡也不可幸免。由于洪水太大，堤头已被冲开缺口，江水直泻而下，淹进了围堤。渐渐地，围堤内也成了汪洋一片，庄稼淹没了，房屋倒塌了，许多牲畜被冲跑了。青壮年早已上了抗洪抢险的一线，剩下的都是老幼妇孺，他们被洪水步步紧逼，最后退守到了堤上。洪水还不放过，又冲开了两个大口子，把堤内外的湖水连成了一片，使这段堤坝成了一段孤地。眼看两边的缺口还在扩大，孤地还在缩小，堤上的人们已经在吃从水边割下的还未灌满浆的谷粒，喝的是浑黄的湖水，百十条生命岌岌可危。饥饿的牲畜也发出了悲哀的嘶鸣。

我们刚一上堤，就被灾民们团团包围了。他们就像见到了救星，呼喊声、哭诉声响成一片。我赶紧打电话给县防总，命他们速调快船，运来干粮净水，以解燃眉之急，再派救护人员和船只，迅速将堤上的人们抢运到安全地方。然后我安慰灾民们，叫他们不要惊慌，党和政府马上会来救你们。我问他们谁是党员，请党员站出来！沉默少许，有二男一女三个老人举起了右手，站到了我面前。我说乱哄哄的一百多人，没有组织没人领头不行，关键时刻，共产党员要发挥作用。我说我是省委组织部的，现在就指定你们三人组成临时党支部，任命其中一人为支部书记，要他们选择几个能干点的组成骨干，带领乡亲们有序地自救，等救援船只来到后，有序地撤离。忙乎了好一阵，直等到县防总运送食品的船只到了后，我们才放心地离开。

离开断堤好久，我的心情还不能平静，脑海里总是浮现着那些灾民的身影。当他们看到我们的时候，他们是那么惊喜，那么渴望；当我在为他们想办法的时候，他们是那么感奋，那么激动；当我在向他们喊话做工作的时候，他们是那么老实，那么听话；而当我们离开的时候，他们竟是那么敬佩，那么虔诚。那些"感谢领导、感谢政府"的话语，透过嘈杂的人喊马嘶声和震天的滚滚洪流声，还是那么清晰地传进了我的耳膜，使我闻之动情，闻之深思，既感受到了无限的温暖，又感受到了极大的震撼。

我想到了一首歌，歌名叫《咱老百姓》，歌中唱道："谁只要为了咱老百姓谋幸福，浩浩青史千秋万代留美名"。我们平时经常听到说党群关系干群关系不好，那么为什么不好呢？怎样才能好呢？在这场百年不遇的特大灾难面前，我又一次找到了答案。

在鄱阳县，有两个干部被群众誉为"福将"，他们一个是副县长，一个是县人武部的部长。凡是有他们在的地方，洪水就要退避三舍，就不敢肆意害人。这是因为他们把心扑在老百姓的身上，日日夜夜在想办法出主意，处处防在前抗在前。当然在那些日子里，他们顾不了家顾不了自身，早把安危置之度外。老百姓说，他们把我们保护好了，可他们自己却累垮了，我们看到心痛啊！有一次，我们来到余干县的梅港乡，老百姓都主动找我们表扬他们的书记乡长。原来这个乡地处湖滨，全乡所有村庄和稻田都在一条防洪大堤之下，真是命悬一线。洪水漫堤时刻，全乡人都上了堤，就怕一有疏忽导致决堤。可有一天还是出现了险情，凶猛的洪水还是撕开了

一道口子，眼看就有灭顶之灾，堤上的人们吓得发呆了。就在这时，只见一个中年汉子拨开众人，来到决口边，大叫道："不怕死的跟我来，要死我是第一个"！说完纵身一跃，跳进了决口，他就是乡党委书记。紧接着乡长喊着"我是第二个"，也跳了下去。其他乡村干部一个不拉，全都跳进了决口。他们的壮举感染了在场的

1000多群众，一时间群情激昂，众志成城，跳决口的，搬草袋的，扛石头的，拼死堵口；呐喊的，助威的，声震环宇。就这样，硬是靠钢铁般的力量，把灾难杀回了鄱阳湖。事后群众感慨地说，关键时刻还是党员干部管用，如果平时他们也能这样该有多好！

其实，搞好关系并不难，问题就在执政者是为民呢还是扰民害民。须知老百姓是非常容易满足的，只要你动了举手之劳，只要你做了一点点应该做的事，老百姓就会对你顶礼膜拜，就会一心一意地跟着你奔。否则你就会被老百姓无情地抛弃，落得个可悲的下场。

可惜这个简单易懂的道理，至今还没有多少人明白，或者是明白了却还要反其道而行之，这也是最可悲之处！

洪灾已然过去，留给我们的思考却有不少——

在大灾大难面前，人显得多么渺小，只要大自然稍一发威，成千上万的人就会化为尘埃！然而，大自然的本性是好的，亿万年里，它始终在无微不至地呵护生灵、养育生灵。只有当人们不顾一切地破坏它、踩躏它时，它才会给人们以血的教训。人的这种掠夺、占有的本性啊，要怎样才能有所收敛呢？

从根本上说，人是有人性的。在灾难面前，人们的人性会体现得完美无瑕。可是在平时，在没有灾害的时候，人们却往往泯灭了人性，凸现着自私的面孔。到什么时候，我们才会抛弃"只能共患难不能同富贵"的沉重包袱啊！

……

我不信教，但我要祈祷：愿我们远离灾难，愿生活充满美好，愿世界永远太平，愿寰球同此凉热！

南方雪

南方好久不见雪。

记得小时候，位于南方的故乡，年年都会有个多雪的冬天。那雪虽不像北方那么长久，那么厚实，但当那些漂亮的小天使俏俏地从天而降，一夜间就把乡野打扮得美丽纯净，人们一早推开门窗，禁不住满心的喜悦。小孩子们自不必说，欢呼着奔向雪地，打雪仗，堆雪人，大一点的还会捧些柴火，上山去熏黄鼠狼——那东西藏身的小洞有两个口，小伙伴们分一、两个手持木棍守住出口，另几个便在另一端用湿的松枝烧烟，边烧边用衣服扇进洞内。只需几分钟，黄鼠狼呛得不行了，便往出口窜去，这时把守出口的眼疾手快，只一棍子便把它打晕了。于是，伙伴们欢呼雀跃，掌起得胜鼓，欣喜地向大人们报捷。而此时的大人们，也总是围坐在炭火盆边，听着铜壶里煮米酒的

咕噜声，时紧时慢地拉着家常；抑或袖起双手，倚在门边观赏着雪景，一任嘴角上的香烟袅袅地飘向眉头。那种享乐之态啊，真的难以言表。

也不知自何时起，南方渐渐地难见到雪了。先是偶然来一小场，但又如匆匆过客，人们还未缓过神来，它就消失得无影无踪了。有一年冬天，好容易盼到了一夜飘雪，翌日上午我想照张雪景，却因琐事缠住未来得及，谁知待到下午时，那雪早已销声匿迹，搞得我在心里一个劲地后悔。

再后来，南方的冬天只有霏霏细雨，只有讨厌的湿冷天气，再也觅不见雪的踪影了。

雪，便成了我心中的美好回忆。

直到去年冬天，久违了的雪终于又来到了南方。

那雪来得热烈，来得疯狂，来得潇潇洒洒，来得淋漓酣畅。

那是几个令人胆寒又充满刺激的日子，连续几天的凄风冷雨，把不曾经历奇冷、毫无抗冻防备的南方人搞得晕头转向。城里人只知道冷得出奇，夜里既无暖气，空调又启动不了，于是只好将所有的电暖器打开，把厚厚的棉衣穿上。记得那一夜，我怀抱电热器，坐于饭桌前，耳听得外边呼呼的北风，预感到会有一场大雪降临，此时的心里，已谈不上悠闲自得，倒是隐隐约约感到有点恐惧。

第二天早起，果然纷纷扬扬，落下一场鹅毛大雪。窗外的院子里，一床纯洁的被子把地上的肮脏盖得严严实实，樟树叶儿上也覆盖着点点雪花，远处的屋脊和坡顶上，板画般地描上了洁白的线条。

真的好美！我在心里叹道。

我是真的爱雪啊！雪是农民的福音，只要冬天有雪，来年一般会是个丰收年，起码病虫害要少得多。雪是春天的使者，它默默地浇透了土地，使花草在春天开得更加艳丽多姿；雪是美的代言人，一切污秽都在它面前退隐，它展现给人的是希望和信心。只可惜它不能长留，要是它能与善良相伴终生，将丑恶逼入绝境，这天地间人世间万物之间不就相安无事了吗？

有雪的冬天是幸运的年头，雪的到来是对生灵的安抚慰籍，雪的辞别预示着灾难的逼进！

然而，这场雪却下得奇特，这场雪破了历史的记录，这场雪给人们以莫大的震惊。

本来一夜雪后，翌日总会天晴气朗，阳光普照。可这回破例了，雪接二连三地下了起来，更可怕的是，伴随着大雪降临的，还有不断的冻雨，那细细的雨点飘在哪里，凛冽的寒风便把它凝固在哪里，如此循环往复，层层叠加，把原本晶莹剔透绝美无比的冰凌儿，转变成了沉重的压力，倾向大地，倾向万物。于是只过三、五日，便传来了不祥的信息：深山的电线塔断了，电网受损，导致城乡断电、铁路停运；公路封冻了，交通瘫痪，成千上万的人们被阻在了归途的风雪之中；漫山遍野的森林承受不了积得数倍数十倍于自身重量的冰凌冰块，纷纷断裂，有的连根拔起；竹林里传出了真正意义上的"爆竹"声，令竹农们撕心裂肺！灾后我到山乡，看到的一幅幅景象令我目瞪口呆：远望去，一个个山头上，断了头的树木竟像水果盘上插着的牙签，一片片挺立着，遍山的竹子大片大片地倒伏，竹竿全都爆裂开来，露出淡白的竹瞠，真是惨不忍睹。这样的破坏，人类自身是怎么也办不到的，再厉害的恐怖分子制造不出，再高端的武器、核武器摧毁不足以这样，只有天公发怒，才能有此大劫啊！

我百思不得其解，原来是上天赐给人间的美，为何骤然间变得如此凶猛如此无情？怪天吗？上天是公平正道的。自从宇宙间有了这个蓝色的星球，亿万年来，老天都是对它恩爱有加，呵护备至，不打乱上天的运行规律，上天怎会加害于人？怪地吗？大地也是恩重情深的。曾几何时，地球默默地承受着越来越多的人类的蹂躏，人们已经看得见它的苍老、听得见它的踹息了，它养育生灵，爱抚万物，何曾见它无故害人？

我只能回头来责问自己了。人，这个地球上最聪明的物种，已被欲望逮住了灵魂，走上了不知返的迷途！正是人类连续不断日益残酷的掠夺，导致了天怒地怨，最终给自己带来了灾难。拷问人类自己，谁能否定这个现实呢？

这，可能就是白雪公主这位美人发出的警告！

与任何自然现象一样，雪也有两面性，一面是美丽，一面是残酷。人们珍爱她的美丽，就会享受她带来的无限乐趣；人们不屑于她的美丽，就会遭到她可怕的打击。这场大雪应该使我们警醒了，人类的发展决不是可以无度的，人类对地球的索取绝不能没有止境。不要竭泽而渔了，不要伤天害地了，快走上理性的发展轨道吧，让美丽的飞雪静静地飘洒人间，还她以亲切温柔的本色。

冰雪过后是春天。不论怎样，春还是来临了。我在春天里沐浴着暖融融的阳光，享受着醉人的微风，也在驱赶着冬日的恐惧，祈祷着风调雨顺四时顺序的天候。那时，南方的雪还会下吗？南方雪还会是那招人喜爱、给人享乐、预兆丰年的美丽使者吗？

（作于2009年春天）

心香数瓣

　　人一出生，就像是一个旅行者，匆匆行走在通往坟墓的旅途上。这旅途是漫长的也是曲折的，既有平坦的大道，也有崎岖的险境；既有穿城过村的热闹，也有荒芜之地的孤戚；既有乘车登船的舒坦，也有跋山涉水的艰险。碰到运气好，就能走一段甚或一生的通衢坦途，若运气倒霉，则会经常磕磕碰碰，轻者鼻青脸肿，重的头破血流，有时险些还会送了小命！不信你瞧，有多少人是半途而废的，又有多少人是走不到头的，甚至还有人是出门就摔倒了的？！应该说，我们这些勉勉强强歪歪扭扭走来的人，都算是幸运的，也可以说是自己为自己争了气的。委实值得自己给自己庆贺一番——当然这要到老了起码要到60岁顺利退休了再说。

　　在人生慢长的旅程中，谁都会遇到许许多多的人和事，有好的有坏的，有优等的有劣等的，不计其数。然而我总觉得，最能记住也最需要记住的，莫过于对自己有恩有情的那些人，莫过于对自己有意义有收获的那些事。

在我的人生旅程中，由于从一开始就酝酿并逐渐形成了自己的理想和追求，所以曾有过一些于自己来说是重大而又艰难的选择。这些选择究竟是对是错姑且不去评论，只是在选择的节点上，我偶尔留下了一些心情的痕迹，回望过去，这些痕迹好像还有一些意思。今天，我把它们整理一下，作为我的数瓣心香，奉献给朋友们，或许能有些许益处？我心中没有底，只能是姑妄言之。

其一：我选择 我追求

人近暮年，我从党政机关的岗位上，转到了出版集团工作。对此，我的亲朋好友们大都不理解，认为我正往仕途之高峰攀登的时候，却突然掉转头去从事专业工作，太不划算了，或曰太可惜了。我常笑称：我是"三从四得"：少年从军，中途从政，现在从文；从小读书得到了笔杆子，长大从军得到了枪杆子，后来从政得到了官帽子，如今搞实业还能得到一点可观的票子。至于划不划算、可不可惜，我想古来有训：人不糊涂身不贵，管他呢！

我遍观芸芸大众，得出两个道理：一个叫当不完的官，赚不完的钱，千万不要不知足；一个叫求官太苦，求钱也太苦，千万不要苦求。闽南有歌唱道：三分天注定，七分靠打拼。千万别小看了那个"三分"，天注定不是你的，你拼死了也得不到！

那就换一种思维，找到自己的兴趣爱好，做自己喜欢做的事吧（当然是要有意义的事）。一旦进入了这样一个境界，你就会感到很理想很美好很惬意。至于我如今是否进入了呢？我不敢妄言。但我觉得，出版这个职业，是个高尚的职业，光荣的职业。在这个岗位上，需要且可以奉献才智、播撒知识、传导创造、推动进步。从事这样的事业，怎能说不伟大呢？怎不比在宦海里在商场上挣扎好千万倍呢？

我要求我的同事们，时刻记得自己是出版人，出版人就一定要以这样三句话共勉：对作者要有斧正之功，对读者要有烹饪之艺，对社会要有传世之作！这既是职业的需要，也是我们的毕生追求。

我用了我的虔诚、我的心血，创作了一首歌词。我期待这首歌能表达我的心迹，我更期待她能表达我们全体出版人的博大情怀——

情怀（歌词）

我为你铸造钥匙，
你就能把智慧的宝库打开。
我为你扬起风帆，
你就能驶入知识的大海。
我为你输送能量，
你就能把广袤的宇宙任意剪裁。

我为你打开心窗，
你就能见到纷繁的精彩。
我为你种下理想，
你就能收获灿烂的未来。
我为你放飞激情，
你就能在天地间挥洒英雄气概。

导读世界，领航人生，
这是我的奉献、我的风采。
我要用我的生命之歌，
唱出你成功的无限豪迈。
当太阳又一次从东方升起，
那是我们共同拥有的博大情怀

（2008年11月30日作于南昌三纬书屋）

其二：翰林书香鼎铭文

本人供职省出版集团，自觉荣耀之至，遂淌其兴致、倾其心力为之效劳。先是首倡"导读世界，领航人生"的理念，很快便成为集团品牌。后又相继制定了出版主业"五大工程"、编辑工作"三大转变"、领军人才五种基本素养、高级编辑三大能力、编辑人员十个"善于"等方略，不断引导出版工作迈上新的台阶，至今想来，颇有成就之感。

业兴人旺之际，在时任集团董事长钟健华的倡导下，特地铸造了一尊铜鼎，置于集团大楼前厅，以为镇宅之宝。我受命为此鼎取名，并撰铭文以志之。于是我乘兴而为，命名此鼎为"翰林书香鼎"，撰铭文一篇，铸于鼎之台基。今特记录，聊为纪念：

江西出版集团，踞洪都之西，揽豫章之胜。导读世界，广集朱华之章；领航人生，力扬蛟凤之才。主业兴而本固，多元进而基强。建功勋于社稷，积钿帛于黎民。道义既担，当思守土之责；事业甫成，须尽禹羿之功。岁在丁亥，立鼎志之。

（于2006年1月10日）

其三："烹饪"阅读

欣闻《江西日报》开辟了《阅读》专版，不觉鼓掌贺之，读了几期，愈加赞叹。那感觉就像在逛一个饮食精品店，眼前都是美味佳肴，既大饱了眼福，又吊起了胃口，真是美不胜收，流连忘返。感慨之余，得数言于次——

阅读犹如饮食。

饮食在于好吃，阅读在于好看；

饮食在于食品环保，阅读在于作品健康；

饮食在于使人长体力，阅读在于使人长智力。

作为新闻出版人，我们要努力成为高超的"烹饪家"，源源不断地为读者送上可口的精品。

读者的需要，永远是新闻出版者的不懈追求！

（2008年11月30日作于南昌三纬书屋）

听涛弄涛

　　我站在圣莫尼克海滩上，凝视着辽阔的大海。此时正是日落时分，一轮圆盘渐渐西下，将海水染得血红。喧嚣了一天的大海，似乎很累了，一边喘着粗气一边向后退去，那拍打着海滩的涛声，特别显得乏力，一阵轻似一阵，慢慢的远去。海滩后面，是著名的圣莫尼克码头，码头上的空中大转轮、影院、各种娱乐设施、宾馆饭店等，都沐浴在夕阳的余晖里，披上了一层橙黄色的纱幔。

　　我喜爱海滩，我喜爱那辽阔海域奔涌而来的海潮，那波涛拍岸的声音，是那么深沉，那么大气，总是给人一种摧枯拉朽的力量。

　　海上观日落，对我来说并不新鲜。且不说我当水兵的几年中，一出海就是天天泡在海里，天天伴着日出日落，闻浪而起，枕涛而眠。就是在多年的国内外

交往中，不知有多少海滩留下过我的足迹，也不知有多少日出日落
的景致留在了我的相册里。然而，这一次，我的心境却截然不同，
我没有陶醉在迷人的风光里，没有忙着去留下珍贵的影像，我的
目光已经追随着那一轮金球，直达大洋的彼岸——那里正是我的祖
国，此刻，这轮金球应该正变成一个雄视天下的大力士，奋力拨开
云雾，跃出海面，把它灿烂的光辉慷慨地洒向人间吧！

我这次到洛杉矶，真的不是"公费旅游"，我是肩负着一个神圣的使命，带着一个宏伟的梦想，去做一次文化交流之旅的。

那是2007年的夏天，在精心筹划一年多之后，我率领麾下的15个出版同仁，和数千种出版物，到洛杉矶举办"中国江西出版文化周"。

把中国文化推出国门，走向世界，是我从事出版工作以后的宏伟理想，也是一个解不开的情结。我从小到大，接受的教育，无不是为我们有上下五千年悠久历史而自豪，无不为有着深厚灿烂的传统文化而骄傲。我想，这些理应早就享誉世界传播全球了，早就融入东西方文化大潮自立于世界文化之林了。可涉足出版文化领域之后，严酷的现实使我大失所望，原来在西方主流文化体系中，中国文化基本上没有席位！走遍各国的书店，很难寻觅到中国的书籍，问及对中国的了解，那里的老百姓大都是摇摇头，他们只知道那是个遥远而神秘的东方古国，其他的就只能耸耸肩，两手一摊，说声"NO"了事。有一次我们参观瑞典的金色大厅，大厅楼上有一长廊，长廊四周是一幅幅精美的绘画，描述的是世界各地的风土人情。我吃惊地发现，唯一一幅介绍中国的画面，竟然还是清朝时期的长辫子人物。真是"不知秦汉，无论魏晋"，通过那些无知导游的讲解，西方人们还以为那就是现在的中国人，真真可恶至极！说句不怕露丑的真话，我们年复一年到国外去搞书展，很多是在搞卡拉OK——自娱自乐。我们的展台前，极少有外国人光顾，因为我们带去的书，大都是中文的，人家看不懂啊！我们搞些宣传活动，也大都是"自拉自唱"，除了事先邀请的几个老外，场上坐的都是黄皮肤黑眼睛，台上的举办者还煞有介事地安排了翻译，讲一段翻一段。有次我在某国举办的中国文化推介会上演讲，翻译是请来的一个留学生，她是临时拿到的稿子，水平可能也很一般，翻得极为吃力。我仅要她翻了一段，就对她说，不麻烦你了，我这演讲不需要翻译。她睁大了眼睛看着我，以为我是嫌他翻得不好，我说你瞧瞧下边，满堂文武中，只有两个老外，身边还有我们的人陪着，在和他们窃窃私语，你说你翻给谁听啊？我这话通过麦克风传了出去，招致哄堂大笑。我分明听出，那笑声令人心酸，那是无奈的笑、自嘲的笑啊！

这些现象使我十分纠结。都说文化是国家的软实力，一个大国，她的文化如果没有融入世界文化之中，那么她就难以获得世界应有的地位。我既然选择了搞文化，就要肩负起改变现状、力推中国文化走出去的职责，就要有这个历史的担当。为此，我在抓出版工作的"五大工程"中，就专列了一个"走出去工程"。我们集团所属的出版社，每年输出版权的数量都在呈几何级增长，连续几年名列前茅，被国务院中国文化"走出去"工作领导小组评为先进单位。特别是21世纪出版社的《皮皮鲁与鲁西西》系列、"彩乌鸦"原创系列、《魔法小仙子》系列等等，不仅在国内数一数二，而且在欧美等西方国家都占有较大的市场。我曾连续三次在相关的全国性会议上，大声呼吁，中国文化走出去，政府要负主导责任，凡是实现了版权输出、能够"走出去"的图书，国家要实行全项目补助，不能只是给予翻译费补助。我说国家花这点钱算什么，牙缝里都能挤出来。所幸三年后，有关部门采纳了这一建议，凡实现了版权输出或是实物输出的，全部成本由国家承担。随着中央深化文化体制改革、促进文化大发展大繁荣的号角吹响，文化走出去终于迎来了新的春天。我以为，如果要说东方睡狮觉醒的话，文化的振兴才是真正的睡醒了！

2007年，似乎还是国人尚未清醒的时候，我们就行动起来了。"中国江西出版文化周"效果有多大我不敢说，可我们在认真的实

践，认真的探索，也取得了不小的效益。洛杉矶乃至美国一些报刊电视上对我们的宣传，还是为中国增了光的。特别是配合文化周活动，我们特意向美国国家图书馆和哈佛大学图书馆各赠送了一套《八大山人全集》，他们都如获至宝，都为他们的馆藏中填补了这么一个重要的空白兴奋不已。

对我来说，收获最大的，还是在书展上遇到了吴琦幸教授。

吴教授是上海人，早年作为知识青年上山下乡，落户到了江西，后来考上了大学，又留学美国南加州大学洛杉矶分校并留校任教。我们交谈起中国文化在欧美的现状，都不约而同地抒发出惋惜和忧虑，我说中国图书在国外市场上推广，难度很大，因为读者的选择总是从自身需求出发的，中国文化尽管博大精深，但有兴趣了解的又有多少呢？出版文化的融入只有两条路可行，一是文学作品，二是少儿作品。可我们这两方面的作品比起西方来，无论是质还是量，与西方差距都太大，所以在他们的书架上才难觅中国的书籍。这两方面的提高又非一日之功，必须假以时日，还要有相应的社会政治环境作支撑。那么孔子学院又如何呢？我说孔子学院固然是一大发明，必有好处，但那也只是一个业余活动场所，只可吸引一些有闲者去学习娱乐，辐射面极为有限。我认为，还有一条路，我们必须要走，那就是教育，是学校。我仔细听取了吴教授关于西方大学里汉语学习的现实情况，发现好的汉语教材并不多，特别是配合教学的中国文化知识的教辅材料更是稀少，南加州大学洛杉矶分校是名列前茅的世界名校，尚且有此缺憾，其他大学不会类似吗？我顿时打开了一个思路：中国文化必须打进西方校门，从娃娃抓起，从正规教育抓起；中国文化只有打进西方的校门，才能在西方主流文化中占有一席之地，这里才是我们真正的用武之地。于是我们商定，立刻着手组织编写一套集中反映中国主流文化的教辅书，取名为《中国文化ABC》，分三步推广，首先在洛杉矶分校发行，取得好评后再扩大到美国其他大学，尔后形成优势向欧美各国大学推进。

回国以后，我们立即着手组织编写工作。我把这个任务下达给江西人民出版社，组成编委会，我亲自出任主任委员、主编，副主任委员由吴琦幸教授、江西社会科学院的夏汉宁教授、江西人民出版社社长徐建国、总编洪安南、副总编游道勤、集团出版部主任张德意，以及洛杉矶分校负责英文翻译把关的高汉教授担任。可谓阵容强大，人才济济。编写这部书的过程，真的是精雕细刻的过程，光选择内容，就反复论证了十数次，要把五千年文化的主流骨干部分浓缩在一套教科书里，选择的难度可想而知。还要把所有内容分别编入大学四个年级，便于配合教材进行教学；还要准确精辟地翻译成英文，要能得到世界名校师生的认可，谈何容易啊。就这么一部书，前后花了两年多时间，才正式付梓。随后我们把版权输出给了美国的时代出版公司，通过他们出版发行到洛杉矶分校，很快就受到了师生的欢迎。不久，我国国务院汉办发现这部书很不错，分两次订购了3600套，分发给世界各国的孔子学院。国务院新闻办订购了6000套，通过官方赠送国外。2014年6月，该书又入选了"经典中国"国际出版工程。我相信，随着时间的推移，她一定会为东西方世界所接受，成为享誉各国的中文教学材料，她还会赢得更多的荣誉和奖赏。

或许这就是文化的魅力？小小一套书，她承担着多么大的社会责任啊。她就像一叶轻舟，满载着一个民族的传奇，高扬着厚重文化的旗帜，驶向远方，融入世界。作为编者，虽是一件小事，可我们能开拓如此高雅如此神圣的事业，不是无比骄傲无比荣光么？

又是一个日落时分，我又来到了海边，不过这回是在上海，是在长江入海口。月球的引力就像一只巨大的臂膀，端着大洋这只盛满海水的碗，准时歪向东边，或歪向西边。夕阳西下，大洋此岸同样是落潮时分，海潮带着对这片文明古国的无限眷恋，一步一回头地向彼岸退去。我忽然想起了洛杉矶，想起了圣莫尼克海滩，想起了那时心中的无限惆怅。眼前这海潮似乎变成了文明大使，正欢快地携带着我的心愿，送往大洋彼岸，传向五湖四海。

（2014年6月29日作于南昌孤云阁）

企鹅归巢

—— 澳新行散记之一

　　昨晚进行了一次别致的活动：前往飞利浦岛观看企鹅归巢。

　　飞利浦岛位于墨尔本的西南面，是南太平洋的一个天然港湾，也是全球唯一一个观看企鹅归巢的地方。在南半球，企鹅上下海的地方多的是，不说南极洲，就是在新西兰，在非洲、南美洲的很多地方，都有企鹅的栖息地。但在其他地方却没有可供人们观看的场所，那是因为其他地方还是野外自然状态，只有澳大利亚在飞利浦岛建立了企鹅保护研究中心，对企鹅的生存情况实行了电子跟踪管理。人们也才能在这里观看到企鹅归巢的奇观异景。

　　有关企鹅的情况，我已多次从电影电视上了解到，对这种笨拙而十分可爱的动物有一种特别的好感。尤其是它们那种顶风冒雪抗御严寒的吃苦耐劳精神，那种夫妻相爱感情专一的高尚品格，使我对它们顿生敬意。因此，我是带着非常亲切的心情，去迎候它们的归巢的。

12月末，南半球虽已是盛夏，可当太阳落山以后，坐在海边上，迎着时紧时慢的海风，还是有些侵肌的寒意。我们坐在看台上，面对辽阔的海洋，倾听着大海的呼吸。奔波劳碌了一天，大海似乎也累了，它不断地伸展着腰身，慈祥地、一遍遍地亲吻着沙滩，发出一声声疲惫的叹息。沙滩随着夕阳的远去，由金黄渐渐变得银灰，变得灿然一片，与泛着银光的海浪对结成一道温柔的风景。

看台上的人逐渐多了起来，起先还是人声嘈杂，慢慢地人们安静下来了，大家都瞪大了双眼，紧紧地盯着海面，兴奋地等待着企鹅的出现。然而许久了，企鹅却好像在跟人们捉迷藏，还是不见踪影。大海在退潮，愈发显得平静，似乎也在静候着它的子女们的身影浮出水面。

"看，来了！"不知是谁第一个用望远镜发现了企鹅，紧跟着又有人附和，"是的，企鹅回来了，呵，有几只，不，是好多只呢。"看台上引起了一阵骚动，人们急切地想目睹企鹅的尊荣，看看它们归巢的奇特景象。

企鹅们真的来了，先是三五只探出水面，紧接着是一群，随着波浪的涌动被送上沙滩。这里的企鹅属于袖珍型的，是企鹅家族中最小的成员，个头仅有鸭子大小。它们异常胆小，刚游出水面，像是发现了危险，又在一只的带动下，整个族群立即翻身游了回去。其实小企鹅的谨慎是情有可原的，它们有一种凶残的天敌，叫鸥鹰，专于傍晚时分在礁石上窥视海面，随时向企鹅俯冲袭击。正因为此，企鹅才要等到天黑以后鸥鹰看不见时归巢。经过几个来回的试探，确定没有危险了，小企鹅才一群群地钻出水面，摇摇摆摆地向沙滩跑去。

这是一个异常壮观而又异常紧张的场面，小企鹅们知道，天色虽已转暗，但鸥鹰还在很不甘心地注视着，还有说不准的天敌隐藏在哪里，它们随时都有遭到袭击的可能，它们必须以最快的速度冲过沙滩，到达杂草丛生的海岸。这一阵紧张的奔跑，直看得我们目瞪口呆，那些可怜的小生灵啊，为了生存，竟是那么的慌乱，简直急不择路。有一对落在了族群的后面，只见它们的神情紧张极了，跌跌撞撞地连滚带爬向前奔跑，好不容易才钻进草丛。

看到这些小企鹅，我不禁产生了许多感慨。

在生物链中，它们处于最底层，是最弱小的族群之一。它们的一天是异常劳碌的，也是充满危机的。早晨，天还没亮，它们就要趁黑下海，在海洋里，要用一整天时间勤奋觅食，回来时又要披着夜色。我粗算了一下，他们要在清晨4、5点钟出海，晚上9、10点钟才回来，回来后还要打理自己和家小的生活（企鹅的一夫一妻制和家庭观念特强，无论在陆上海上都是生活在一起，配偶一方死后，另一方终身不嫁娶），每天的休息时间只有5、6个小时，有的归巢时间延续到半夜，几乎就没有多少休息时间了。它们在海里有被鲨鱼吞噬的危难，在陆地又有被恶鹰叼食的险境。就在它们爬上海岸、爬进草丛以后，我们从走廊上近距离看到，它们是那么疲惫，那么劳累，它们的身上水渍未干，本来就很蹒跚的步子，在崎岖的山路上更加东倒西歪。那一对对患难夫妻们，在他们的巢穴边上，互相梳理着皮毛，厮

磨着耳鬓，似在互相安慰，互相鼓励。有的还在打闹嬉戏，互相亲昵，个别强壮而又性急的甚至还忙着交配呢！看到这种情景，你不能不产生怜悯之心，不能不对弱者发出同情的呐喊。

这个世界本就缺少公平缺少正义，无论人类还是动物界，弱势群体总是那么容易受到欺负，容易受到伤害。然而从另一角度看，弱势群体又是最坚强的一族，他们不以弱小而自卑，不以弱小而不为。他们不趋炎附势，不巧取豪夺，而是光明正大，自食其力；他们从不贪婪，很少欲望，而是以勤劳度日，以艰辛为本，忍辱负重，坚忍不拔，自立于地球生灵之林。大凡弱势群体往往是大多数，他们弱中见强，柔中有刚，地球要存活，世界要发展，都离不开弱势群体，消灭了它们，强者也不会成为强者，同样也会被消灭。到那时，地球就会死去，就会像其他已知星球一样，成为一堆毫无生命的土石。

所幸人类有识之士已经意识到了这一点，虽然为时太晚，弱势群体毕竟开始受到保护，我从企鹅保护中心深深感受到了这种氛围。我们应该为那些至今还在不受重视、还在遭受不公正待遇的弱势群体们大声呼喊：那些所谓的强者啊，不要执迷不悟，不要一意孤行，保护他们，就是在保护自己！

夜已深了，我还在观看着小企鹅们的归巢生活，恋恋不舍。我在心里向上苍祷告，为这些小生灵们祝福吧，愿他们生存无虑，愿他们明天出海之后，还能够平安顺利归巢！

（作于旅澳、新途中，完稿于2011年2月23日夜）

教堂的启示

—— 澳新行散记之二

昨晚又从奥克兰飞到了澳大利亚的第二大城市墨尔本。我真不知道为什么要这么来回折腾，凭空在澳、新两国多出入境两趟，搞得既疲惫又繁琐。

墨尔本实在无景点可看，导游带着我们参观那些什么城市广场、旧国会大厦、库克船长小屋、植物园、教堂等等，引不起多少兴趣。尤其是教堂，在西方几乎到处都有，而且千遍一律，一个模式，看了一个就代表了所有。你如果参观了梵蒂冈和巴黎圣母院，就更是"黄山归来不看岳"了。澳大利亚是个新兴国家，他们的教堂岂能与欧洲的媲美？我直觉得有点好笑，笑组织者的马虎，笑安排者的浅薄。

倒是参观教堂时，同行者的一番议论，又勾起了我的深思。

看到教堂那么宏伟那么高档次，有人就发出感慨，

说可惜我们中国就没有这样的好地方。言下之意，要是有，让人们信个宗教，一心想到向上帝、神灵多做祈祷，不也省得无事生非、惹出许多麻烦来？

我由此又想到了信仰问题。人们都承认，人是要有信仰的。西方人虽然搞的是现代化，但他们的宗教信仰一直没有动摇过，因此他们的社会一直很有秩序，人们的道德观一直坚持得很好。我们的很多社会问题，都可以归结于信仰的缺失，理想的泯灭。问题是，什么是信仰？过去我们把实现共产主义作为我们的信仰，其实这是不准确的。实现共产主义是我们的奋斗目标，是一种理念，但不是信仰。共产主义作为一种社会形态，是包含了精神与物质两方面涵义的，而且以物质的标志为主。而信仰却是纯精神上的，它不需要人们去寻根究底，只是描画一个作为人们精神归宿的虚无世界，启发人们严格遵循高尚的道德标准，以求解脱罪孽，积累功德，在未知的来生过得更好。宗教正是呼应了这种精神需求，以其一整套论说来引导人们皈依。

这样看来，我们应该大力提倡人们追求一种信仰才是。其实信仰这东西，即便没有人提倡，人们也是要追逐并获得的，你看我们国家里，信奉儒、释、道的比比皆是。单说佛教，芸芸百姓有多少在顶礼膜拜啊！而且近几十年来，信得最多最虔诚的，还是政府官员和有钱人。你别看有些官员进了寺庙都是背剪着双手，俨然一副参观考察的样子，在他们身后，那些夫人们，却偷偷的在作揖念经、见功德箱就塞钱呢！我想这说明什么呢？还不是祈求个平安顺利，要么想求神佛保佑升官发财，要么请神佛饶恕自己的罪孽，能躲过惩罚，侥幸过关？说不信宗教的有几个是真的不信？倒不如撕掉这层面纱，让潜藏的东西浮出水面为好。

有了信仰，人的精神就有了寄托；有了信仰，人就会良心发现，自觉弃恶扬善；有了信仰，才能弥补法律的不足，管住犯罪之前的动机，减少犯罪的几率；有了信仰，社会才会走上正轨，秩序井然。如果说，先进的体制是保障社会之车沿着正道前进的话，那么，建立崇高的信仰，则是推动社会之车前进的强大动力。

（作于旅澳、新途中，完稿于2011年2月24日夜）

毛利人

——澳新行散记之三

乘着明媚的南半球夏日阳光，我们走进了毛利人的领地。

罗图鲁瓦是新西兰北岛的第二大城市，也是毛利文化的起源地、毛利人的聚居地。罗图鲁瓦这个名字就是毛利语的直译，到底是什么意思至今也没有弄清楚。毛利人并不是土著。由于新西兰是从两个大陆分裂而来的，面积又很小，所以没有存在过土著居民，毛利人是十五世纪从波利尼西亚迁移过来的，据考证还有中国台湾高山族的血统，至今他们的饮食都还带有中国的影子。

和很多地方的土著民族一样，毛利人也是看了令人百感交集的一种族群。他们所展现的，一方面是彪悍强健，一方面是凄然弱小。他们的身材是伟岸的结实的，有着黝黑的皮肤，刀刻般的脸盘，隆起的肌腱，发达的四肢。他们的习性也总是独具特色。毛利人的接客仪式就像是一场表演，他们区别敌友的方式非常简单：放一片树叶在你面前，你若把树叶丢掉，那就要面临一场战斗；你若是把树叶捡起来，后退到原来的位置，他就把你当成朋友，用最热情的礼仪、最贵重的东西招待你，还会为你燃起篝火，跳起他们的民族歌舞。当然这些都是古老的故事，现在只有在旅游景区里，作

为表演特意保留下来的节目了。而且毛利人也早已和白人通婚，现在的所谓毛利人，都是杂交的混血儿。真正的不知是否绝迹？还得考证。

其实现在地球上那些号称"土著"的种族，到底还有多少是纯种的，恐怕很难搞得清楚。土著人都是可怜的，他们在自己的土地上过得好好的，却平白遭到外来人的侵袭，而且那些占领者们人多势众，贪欲无穷，直把他们逼得走投无路，几近绝迹。我想，假如没有侵略者，他们在那里一直繁衍生息下去，也许他们的种族会生活得非常好，他们的数量也许会与其他民族一样比肩而立。因为他们的生活是原生态的，他们对地球的呵护是尽心尽力的，他们的发展是真正能称得上科学的——没有掠夺性的开发，没有断子绝孙的所谓科技进步。正是因为有了这些，世界才有了今天的叹息和恐慌啊！这不就是弱肉强食带来的恶果吗？人类是最不会反省的动物，也是最不计后果的生灵。人类发展所造成的，岂止是其他物种的毁灭和濒危，人类自身不也在逐渐走向毁灭吗？所幸的是，有识之士终于开始觉醒，少数民族的保护已经列上了议事日程，保护工作的效果尽管不尽相同，但总算给了他们一个喘息的机会，相信这样长期坚持下去，不少土著会慢慢发展起来的。到那时，旅游的项目中就再也没有土著表演一说了，人们也不会兴致勃勃地去观看什么同为人类的"土著"了。

让我们为此祈祷吧！

（作于旅澳、新途中，完稿于2011年2月25日夜）

堪培拉驰思

—— 澳新行散记之四

一国的首都，既不建在大城市，又不是经济文化中心，这在西方国家并不罕见，但澳大利亚的堪培拉可算是一个典型。

堪培拉真的不像个城市，那些精致的别墅，错落有致地掩映在绿山花海之中，犹如一把洒落在美丽乡村的奇特珍珠。导游带我们看议会大厅，看造币厂，看号称"南半球最高的喷泉"等等，我看都没什么意思，倒是她那秀丽的乡村风光，真令人陶醉。

建都于堪培拉这个既无自然资源又无文化底蕴的名不见经传的小地方，还有一个好笑的故事。早在17世纪英国人开垦了澳大利亚之后，渐渐在东南沿海形成了两个很大的城市，一个是悉尼，另一个是墨尔本。悉尼是库克船长登陆的地方，自然最早聚集了开发的力量；墨尔本则因发现了金矿而一举闻名，与美

国的旧金山相对应，素有"新金山"之称。澳大利亚建国，自然要有首都。争着要成为首都的也便是这两个城市。两市争执不下，总督便想出一个法子：令他们各选一人一骑，同时从本市出发，相遇的地方就是建都的地方。据说墨尔本人老实一些，选了一位英武强壮的公爵，骑上一匹快马，飞驰而去。而悉尼市则找来一个乞丐，挑了一匹老马，慢慢走去。结果两人在一个叫做堪培拉的小村子相会，这里离悉尼260公里，而离墨尔本则有500多公里。这就叫狭路相逢勇者胜，宽路相逢就是智者胜了。至今堪培拉的经济命脉还是掌握在悉尼的手上，一条笔直的高速物流公路，整天奔跑着往来两市输送物资的巨型大卡车，前往堪培拉旅游观光的人们，从悉尼出发也只要3小时的路程，当天便可往返，因此两市旅游几乎列入了一个市安排，而墨尔本就只能徒叹无奈了。

民主国家的首都不像集权国家，一切权利都在政府部门，人们要办成事，只有找政府，于是首都就成了一国的热点，大家长年趋之若鹜，硬把一个首都撑得满满当当，越来越大，几乎瘫痪。民主国家则不然，只要经济、文化不集中在首都，首都就只有政府机关按章办事，按部就班，根本不需要那么多的人来朝神拜佛。于是，尽管是首都，堪培拉还是那么安静，那么悠闲，那么富有魅力。

澳大利亚真的是个神奇的国家，有人概而言之，称其为"一大，二少，三多，四宝"。一大是指地大。国土面积730万平方公里，站全球第六位。二少是指人少、水少。澳大利亚全国人口仅2700万，基本分布在沿海一带，内陆大部分地方是沙漠或赤红的丘陵戈壁，平均地表土壤覆盖仅20厘米，且地质结构为喀斯特地貌，疏松，无序，不藏水，不耐压。整个澳洲没有高山，形不成水源，由于地处两大洋之间，许是受两股高空气流相遇的影响，这里降水量极少，几乎终年处在干旱之中，复杂的地理结构，又不能抽取地下水，所以这里是真正的用水贵如油！三多是指这里苍蝇多、胖子多、酒鬼多。苍蝇多是因为这里长满了桉树，桉树并不是一种好树木，不仅木质疏松，用处不大，而且对土壤极具破坏力，更有一个毛病，会孳生苍蝇，且繁殖极快，所以一到夏天，澳洲就满世界都是苍蝇。好得澳洲的生态环境好，苍蝇无毒害，叫做果蝇。至于胖子多、酒鬼多，则是经济发达到了相当程度，导致很多人养尊处优，这已成为澳大利亚的"国病"。四宝是指绵羊、袋鼠、鲨鱼、桉树。羊多宝多，有全世界最好的羊制保健品，还有最珍贵的驼羊皮毛制品。袋鼠多达7000多万只（一说已多达2亿只），给人们提供源源不断的珍贵保健品。鲨鱼更是重要的保肝养肝的药物来源。漫山遍野的桉树，招致了无数的果蝇和蜜蜂，蜜蜂制成的各种精致营养品便应运而生。这些不仅成了澳洲人引为自豪的"宝"，也正以其独特的生态环保优势推向世界各地，逐渐成为了全球人的"宝"。

澳大利亚是一个农牧业国家，号称是"骑在羊背上的国家、坐在矿山上的国家"。这里

的自然条件不允许发展工业，只能走靠资源吃饭的路子。而资源如何开发，是掠夺性的取得，还是保护性的取得；是只顾眼前利益搞光拉倒还是着眼长远使其可持续发展？澳大利亚人非常明智，从一开始就坚持科学发展观，严格遵循自然规律，十分珍惜大自然赋予他们的得天独厚的宝贵资源，至今都是严禁从州外带进动物和新鲜的植物及其种子，保持单独的封闭的自然经济领域。我这次带去了几盒方便面，过海关时还是被迫打开包装，其他的都可以进去，唯有方便面里的那一小包脱水菜叶，被没收了。可见他们控制进口的力度有多大。经过多年的努力，他们已经建设起高科技、全环保、全生态的真正意义上的现代农牧业体系。我想，任何事情都一样，在什么山上唱什么歌，只要坚持从实际出发，因地制宜，才能走出好的发展路子。假如一味仿照别人，一味追求所谓的现代化，往往就会弄巧成拙，即便搞出了现代化的东西，也要付出异常沉重的代价。这些事关子孙万代、事关人类存亡的大计，任何地方的当政者都不可不察啊！

　　坐在堪培拉的人工湖畔，是一种享受。南半球夏日的阳光照在身上，暖洋洋的，使人有点昏昏欲睡。湖面上，几只黑天鹅悠闲地游荡，不时伸长了脖子，亮出那高雅美丽的身子，似乎在向游人展示这个人间仙境的美妙。我于静谧之中，似乎闻到了考拉的鼾声、果蝇的嗡嗡声，还有驼羊毛的呼吸声……

（作于旅澳、新途中，完稿于2011年2月26日夜）

悉尼歌剧院随想

—— 澳新行散记之五

　　澳大利亚也是个新兴国家，从库克船长1788年登陆时起，至今也不过200多年历史，所以他们的文化积累实在少得可怜，几乎没有什么人文景观可供欣赏的。自然景观也仅在城市里有一些，广袤的乡村大地上，要么是赤红色的土地，要么是遍野的桉树林，从奔驰的汽车上看去，沟壑里、湖汊里的水好像都呈现一种黄褐色，是不是因为地下矿物质太多，且地形太平坦，河水基本上不会流动的缘故？我无法深入考察，只能做这样的猜想。

　　悉尼能引起我的兴趣的，还是那个奇特的歌剧院。虽然从电视上、画报上已经反复多次目睹过它的美好形象，但身临其境，与它零距离接触，还是有点激动。它以独特的姿态，在美丽的布朗宁湾畔舒展着不尽的英俊，张扬着别样的光彩。它是那么别有风

味，又是那么华美典雅，它的表面用的都是30多年前的瓷板铺贴而成，并不怎么豪华，但组装在一起，就形成了独特的贝壳形的巨大造型，在南半球的灿烂阳光的照耀下，在上下两边湛蓝如洗的天空和海水的衬托下，却显得那么娇媚那么秀丽。有了它，悉尼就增添了经典，增添了文化，增添了内涵。它真的应该是悉尼的名片、悉尼的彩虹、悉尼的骄傲。

　　大凡美好的东西，都是出自艰难曲折的。悉尼歌剧院的诞生，也是经历了许多的曲折，留下了说不尽的苦衷。1959年，悉尼一位著名音乐家提出，悉尼这么大一个城市，上演歌剧却要到市政大厅，这很不合理。他提出建一座歌剧院。这个提议得到了市议会的采纳，于是面向全球征求设计稿。可是评委会收到了几百个设计方案，却没有一个满意的。评委会主席的理念是要建一座与众不同的建筑，首先就摈弃那些方方正正毫无创意的东西。后来有一天，一封来自丹麦的信件引起了主席的注意，他立即向众人说，我想最理想的设计方案就是它！这个设计出自丹麦建筑设计家乌尚之手。据说乌尚时年39岁，他在设计陷入困境的时候，有一天发现他的女儿在吃橘子。看到女儿剥开的橘子皮，顿时萌发了一个新奇的设计念头，他就按橘子皮的形状，草拟了一个歌剧院的图纸，一切都只是初稿，他根本就来不及作出设计计算。在听证会上，评委们问他：要用多少材料？有没有施工图纸？设计数据如何？他竟一问三不知。但这份图样太宝贵了，评委们一致同意采用。然而在建设过程中，却遇到了罕见的曲折，从1959年起，建到1965年，市政府因缺少经费不得不停了工。乌尚一气之下返回了丹麦，发誓再也不到悉尼来了！果然乌尚从此再也没有踏上澳大利亚的土地。直到1970年，这座歌剧院才最后落成，建筑时间长达11年，所花经费超出预算19倍。同时，这座歌剧院也留下了一个最大的遗憾——自始至终，建筑师没有与设计师沟通过建筑方案，也就是说，设计师对自己的设计稿没有提出过建筑方案。然而，人类的伟大就在于创新。尽管乌尚只拿出了设计初稿，但他的伟大创造，总是会铭刻在人们的心中，当人们仰望那蓝天下的巨型贝壳，或是抚摸着那溜光的、略带时光划痕的瓷片的时候，谁不会从心底涌起对设计师的称赞和崇敬呢？

（作于旅澳、新途中，完稿于2011年2月27日夜）

宝岛情思

久有思亲念，想去台湾岛。

台湾真的是国人的心头之痛。就这么一个岛屿，几乎与大陆手牵手心连心血脉相连肝胆相照，却不断地被人为割裂，历经苦难之后，方才像走失的儿女，带着惊吓回到母亲的身边，可过不多久又被人抢走，母亲便又在痛苦中日复一日地期盼着她的归来。远古的疼痛业已在历史中尘封，我们记得的，还是亲历的往事。先是高呼"我们一定要解放台湾"的壮烈口号，后来是眼含热泪地唱着"台湾同胞我的骨肉兄弟"，就这么文治武力声嘶力竭响彻肺腑，哪一会儿消停过？可台湾还是被一道海峡隔离着，只能望穿秋水，却难以逾越。

终于，人们在悟到了很多道理之后，发现亲情是可以也应该超越意识形态的，于是犹如坚冰之消融，

同种同根同音同貌的两岸同胞，开始了走亲戚，条条航线在海上架起了座座金桥，在空中织出了道道彩虹。

去年春夏之交，我也一遂心愿，终于踏上了这块魂牵梦萦的土地。

去的时候，我打定主意，这次一定要放松心情，只管参观访问，不准备写东西。然而回来后，那些日子，那些风光，那些场景，那些面孔，总是在我的脑际徘徊，教我挥之不去，欲罢不能。于是便有一缕情思、一片亲愁，凝固在了纸上。

陈旧的内涵

台湾的城市都是比较陈旧的。出了花莲机场，往台北市内走去，一路上映入眼帘的，几乎全是些低矮的楼房，除了少有的几栋古建筑外，楼房的造型都不怎么样，多是六七十年代的那种"火柴盒子"，掩映在众多的鲜花绿草之中，把那座著名的101大厦烘托得鹤立鸡群。

难怪有人感叹：台湾的城市建设不怎么样！

还有人不无自傲：与大陆相比差远了！

是啊，想大陆这几十年，哪个城市不是建了拆拆了建，搞得到处高楼林立旧貌变新颜？别说六、七十年代的，就是九十年代本世纪初的建筑，好多地方也是荡然无存啊！至于那些个古建筑古文物之类的，不是早就被现代化的新楼房所取代了吗？

然而台湾的城市建筑虽旧，却是旧中有新，透过这一旧貌，我们不难感受到他们那里科学发展的新颜。

在陈旧楼群之间，我们看到的是整洁优美的环境和文明高雅的秩序。街道上的洁净，完全可与西方发达国家媲美，无论墙壁上还是旮旯里，难觅肮脏的痕迹。公共场所不吸烟已成规矩，谁要是破坏了，会顿时招来众怒，遭到谴责，被视为不文明行为。由于他们不搞"土地财政"，没有成天搞拆建做项目，所以城市里也不见尘土飞扬泥浆四溅。只有你看不见的维护保养，把街道打扮得美丽动人。行人车辆的谦让令我们顿生敬意，强让弱、少让老、男让女，几为习惯。不像大陆的城市，闯红灯的、吵吵嚷嚷的、飞车惊鸿的，哪不令人生畏？街道上贵族飙车压死撞死人的新闻不是时有所闻吗？

透过城市的脉动，我还深深感受到了台湾的经济实力。我们在参观考察台北成品书店时，我留意了一下，就在一个街区，竟有数家超大型的商场，连接几条马路，七八层的大型商业楼房达十几栋之多，几乎构成了一个偌大的繁华商区。夜晚，我们特意到士林夜市去吃消夜，想体验一下那里的饮食文化，也是叹为观止。一个夜市竟然连绵几条街道，摊点成百上千家。看到那川流不息的人群，看到那忙得不亦乐乎的商家，我感受到的是购买力的旺盛，是藏富于民的充裕，是坚实的工业基础和完美的第三产业链，是城市对流动人群的吸引力。我想，什么叫科学发展？光叫得好听不行啊，只会做表面文章，搞劳民伤财的虚假繁荣也不行啊！

后来我了解到，台湾城市建设之所以能做到不折腾，不滥开发，搞不了所谓的"土地财政""政绩工程"，根本上还在于有法可依，执法必严。和很多发达国家一样，台湾地区的土地、房子是私有化的，拆迁不可能是政府行为，不存在强拆问题。商业化的拆迁，那得征得屋主同意才行，这就是在台湾很少看到大片住宅小区的原因，能征得大片土地搞开发那是很难的事。依据2000年公布的"土地征收条例"，私有土地严格程式化与制度化，形成了完整的土地征收计划公开机制、地价评估机制、安置补偿机制、公听会协商机制、民意协商机制，且每一个机制都有相对完善的立法。拆迁房屋严格按照法律规定的程序办事，否则即便是合理的拆迁，法院依然不支持拆迁方。任何事情都一样，制度还是带根本性的，没有好的制度，就不会有好的治理。

我终于悟到，建筑陈旧不是坏事，而是社会进步的标志。建筑陈旧，是一个城市历史的写照；是城市魅力的一种表现；是真正致力于创新的内涵；是执政理念的客观反映。

离开台湾时，回眸台北市，我突然想，再过100年，这些火柴盒子不都成了宝贝古迹吗？我不禁脱口喊出：好一座老城！

传统的新葩

赴台手续太繁琐！这恐怕是所有到过台湾的人的共同感觉。原来我最讨厌去美国，不仅关卡太多，面签等待的时间太长，还要按手印。说实在的，不是工作需要，我决不接受这个带侮辱性的玩意，无非不去美国，有什么了不起！然而没想到赴台的手续也如此之多，可见两岸的办事机构都遗传了"扯皮"的基因，本可简单的事儿，硬是要搞复杂。

这就是思维的钻牛角尖。听说当初要搞三通时，台湾竟有人提出：从大陆来的飞机上要是坐满了解放军怎么办？真是笑掉大牙，这么弱智的问题能提出来，可见不是真的愚钝，而是思想观念在作怪。

一旦来到了台湾，却又有一种别样的感觉，原来作了像出国一样的准备，结果全派不上用场。你看，一样的面孔，一样的语言，一样的饮食，一样的习惯。抬头看，墙上写的是中国字，张耳听，讲的全是中国话，上了桌，喝的是中国的烈酒，拿起麦，吼的是中国的歌儿。不就好像到兄弟省市区去出趟差么？哪像是兴师动众费尽周折才得来的"赴台"之旅啊！

对我触动最深的，还是中华传统文化在台湾的继承发扬。置身台湾，你会感到置身于传统文化的温馨氛围之中，令人慨叹不止。从表象上看，他们几乎把儒家的一些基本理念渗透进了方方面面。街道取名有讲究，很多城市都有"仁义路""道德路""诚信路"等等；学校不是按"1、2、3"等数字编班，而是"某年级忠班""某年级孝班""某年级智班"等等。就连有些监狱里，犯人监舍也以"仁义廉耻"的内容冠名，如"廉监舍""义监舍"等等。使整个社会产生了一种浓厚的传统文化氛围，身临其境，耳濡目染，真的令人感同身受。

我于是想起了白居易的诗："人间四月芳菲尽，山寺桃花始盛开。常恨春归无觅处，不知转入此间来。"

有着五千年历史的中华传统文化，到了21世纪，究竟要怎么继承发扬？这应是摆在每个有志之士面前的一个沉重话题。传统文化博大精深，有其精华，亦有其糟粕。按照社会发展的规律，按照亿万人民的需求，按照历史前进的潮流，都应该继承精华，扬弃糟粕，这是三岁孩儿都听得懂的道理。在台湾一隅，我们不难感觉到，那里的传统文化，已经与现代人文紧密结合，完满地实现了社会的转型。台湾在转型之中，并无大的阵痛；转型之后，虽有激烈的党派争斗，有大型游行示威活动，有什么都敢讲什么都敢写什么都敢出的自由言论，但这些都是民主法治社会所必须具有的正常现象，经济社会建设没有受到冲击，民生没有受到影响，社会照样在正轨上运行；在实行民主政治制度的过程中，也产生过腐败现象，甚至出现了阿扁那样的败类，但得到了及时有效的遏制和处罚，而且从体制机制上看，没有蔓延之势，没有发展到顽症的迹象。

一个有特色的、既借鉴了世界文明发展又传承了中华文化精华的社会架构，正在放射着灿烂的光芒。

　　这确实给我们以极大的启示和严肃的思考。
许多有识之士一直在强调，实现社会主义民主政
治，根本的问题在于体制机制的改革，这是毫
无疑问的。但是，如果思想意识方面的问题不解
决，人们的观念不更新，优秀的体制机制就没有
生存的基础。思想观念的提升，应是与新型机制

体制的建立相辅相同的。而思想观念的提升，我以为就在于传统文化与现代文明的有机结合，也即传统文化应用于现代文明。那么，以现代文明的需求，传统文化究竟有哪些是要取哪些是要舍的呢？这方面，台湾的实践给我们提供了许多镜鉴，比如，民本与愚民。是要遵循"民为贵，社稷次之，君为轻"，还是津津乐道于"君君臣臣父父子子""君要臣死不得不死，父要子亡不得不亡"？是要致力于"足兵、足粮、民信"，还是行使"民可使由之，不可使知之"一套？又如，尽责与施恩。政府为民服务是在做应做之事，"君仁莫不仁，君义莫不义，君正莫不正：一正君而国定"，还是以为在施恩布德，"劳心者治人，劳力者治于人"，要老百姓感恩戴德？再如，公民意识与臣民意识。作为现代社会的百姓，是坚信"人人可为尧舜"，要"舍生而求义""居天下之广居，立天下之正位，行天下之大道"，还是要死抱"事不关己，高高挂起""各人自扫门前雪，莫管他家瓦上霜"的信条不放，甘愿当个守中庸、能忍耐、委曲求全的天子臣民？等等等等。观照一下台湾的实践，我们是可以从中悟出很多道理的。

口才的风范

台湾留给大陆客的一个重要印象，就是那里的领导人口才特好，几乎每个政要都是出口成章，口若悬河。

其实口才是逼出来的。

比如一个人去当老师，面对众多学生，他再口拙，再不善言辞，也要开口说话，也得事先备好课，做好充分准备，课堂上给学生一个满意的交代。否则他这根教鞭就拿不长。

有些官员，为什么总给人一个不会说话的印象呢？为什么一开口就必须要有写手为他准备好文稿呢？我想无非是他没有压力，没有人与他PK。他一旦当了官，屁股坐得牢，要不要下台是上头说了算，而非台下的人选择得了的。他要口才干什么？他只要向上汇报好、材料会生花、能赢得上头首肯就万事大吉了。倒是要十分稳当，得句句有出处，不能有自己的语言，最好的办法就是念稿子，如此又不需动脑又不会出错，何乐不为？久而久之，即便是个口才好的，也会"炼"成个照本宣科者。

可如今台湾的官员就不同了，他要获得权力，要登上政坛，他就得面对几千万人民，就得让选民了解、牢记、选择。他还会遇到强有力的竞争对手，稍有不慎，就得败走麦城。他若不注重这个，而是去拉关系走后门，去攀龙附凤找后台靠山，那不是不管用的问题，而是根本找不到，没有个能满足他的欲望的环境条件。这就是体制机制的能动性。所以走到台湾，一接触到政界要员，你就会被他（她）的敏捷思维、犀利言辞、演讲风格所感染，会从直觉上感知他们的魅力，认可他们的能力。我从接触到的几个人中对此感受犹深。比如连战先生思路敏捷，逻辑严密，哲理常现。当时正是两岸推行文化交流的热季，他在会见我们时提出了一个观点："两岸经贸交流是手牵手，文化交流是心连心"。我注意到，一个月后，他上北京会见胡锦涛，还特意强调了这句话，立即在两岸媒体上热炒。吴伯雄先生充满激情，落落大方，话语率真又不失风趣幽默，给人一种一见如故的亲切感，颇有长者风度。而蒋孝严先生则表现出诚厚、潇洒、机警、幽默。见我们来自江西，他显得特别亲切，一开口就用了一句地道的南昌话："我也是个老表，我会哇南昌事咯！"立马消除了相互间的距离，活跃了现场的气氛。此后的交谈中，他以他的真诚、实在、重情，深深地打动了我们一行的心。这些都是台湾政坛老将，搏击过无数狂风暴雨，各有各的坎坷经历，足见他们从政的不易。

当然，口才好，能说会道，这只是个人才华的一方面，并非主要方面。主政一方，最重要的是品行、思路和业绩。品行好受人爱戴，思路好不会带错路，业绩好能得到公信。只有建立在这些政绩的基础上，好口才才有用武之地。台湾地区近两次领导人竞选时，民进党的阿扁和蔡英文，其口才可以说都比国民党的马英九好，可前一次，因为阿扁瞎胡闹，把个台湾搞得乌烟瘴气，光施明德的红衫军就搞得他威风扫地，他再有口才人们也不投他的票了。后一次，国民党四年执政，基本上风调雨顺，大的方面都把控、操作得不错，人民信服了，小马哥用真诚、实在的演讲赢得了选票。这才是民主政治的真谛和威力。

最令我感慨的，还是一个政坛之外、位居岛上佛教界之首的人物，他就是高雄佛光山的开山宗长、临济宗正宗传人、赫赫有名的星云大师。

对星云大师我是久闻其名，如雷贯耳，早些年曾拜读过他的《包容的智慧》一书，几为他倾倒。他的"出世则有正见，入世则有正行"的偈语，一如清冽甘霖，让人身心善美。能见到他的真身就已心满意足了。不想见面之后，他的一番高论雄辩，又令我大长见识，叹为观止。

那天高雄市正是雨后天开，风和日丽，星云大师在佛光山寺的迎客堂接待了我们。老法师一坐下，就打开了话匣子，口若悬河，侃侃而谈。他从他的贫寒出身讲到修行的艰难历程，从佛教的"五蕴皆空""度一切苦厄""无缘大慈""同体大悲"讲到"给人信心、给人欢喜、给人希望、给人方便"的佛光山四大信条。谈到两岸关系时，他更是坦陈观点，细说根由。而且还提出了很多振聋发聩的思路。比如他反复讲到要"不独、不统、不武"，只要两岸都致力发展经济，革新政治，到时就会自然走到一起了。他还对大陆方面的一些做法提出了积极的建议，比如他说大陆来台湾采购水果，就不要光找那些大户，不要只走上层路线，"你买了他们的东西，只有几个人叫好"。而应该面对广大果农，特别是台南的果农，要让好处普遍得到，这样就有了亲近感，自然就会消除对立情绪。

"何乐而不为呢？"说到这里，大师爽朗地大笑起来。

我们亦会意地大笑起来。

我久久地回味着这次会谈的涵义。我当然十分钦佩这位佛家长老，他立派于佛界，弘法于全球。他创立的佛光教派已几乎遍布世界各地，弟子无以计数；他首倡佛教通俗化大众化，把佛教理论与自身实践相结合，撰写了多部著作和通俗读物出版，深受广大信徒的喜爱。我更钦佩的是，他数十年如一日，始终保持佛家圣地的纯洁，从不受铜臭的污染。对比大陆很多乌烟瘴气的寺庙，他的信仰坚守尤其令人敬佩。可没想到的是，作为一个出家人，竟也对国事如此热衷，且有如此颇具深意的见解，如此头头是道的阐述，教我对他又多了一层敬意。

什么样的土壤培育什么样的苗。只有在民主开放的环境下，才会涌现出众多的才子，众多的智慧，共同推进社会发展。岂不社稷幸甚，生灵幸甚？而在封闭保守的地方，只能是"万马齐喑究可哀"，天公也无可奈何！

这一方宝地啊，究竟有多少宝藏值得我们发现发掘呢？

（2012年7月12日成稿于北京）

感叹南非

　　南非开普敦的西面，沿大西洋海岸突起一排高高的山峰，中间一座因山顶平坦，远远望去活像一张方桌，所以取名"桌山"。有时云雾涌来，恰好罩在山顶上，犹如给桌子铺上了一层洁白的桌布。桌山的西边，是一溜12个小山峰，名为"十二门徒峰"。东边一山孤立，怪异嶙峋，称作"魔鬼峰"。传说桌山就是上帝吃饭的桌子，与他共进晚餐的便是他的十二个门徒和一个魔鬼。至于上帝为什么要和魔鬼吃饭，是要和他的门徒一起威胁魔鬼，还是要安抚魔鬼，要它别危害人间？不得而知。反正，门徒也罢，魔鬼也罢，千百万年来，几座山一直相安无事，共同护佑着脚下这座美丽的城市。

　　景观总是这样，不论是恰到好处，还是牵强附会，总要被赋予一些文化色彩，如此才显得神奇。不过我站在桌山上时，却突然想，与其说这是上帝吃饭的桌子，不如说是一张谈判桌。谈判的双方，一方是魔鬼——邪恶与不平；另一方是十二门徒——正义、善良的象征。魔鬼在南非这块地球最南端的地方肆虐了几百年，最终在上帝主持正义的裁决下退避三舍，被奴役、被种族隔离的弱者终于获得了平等、自由的应有地位。

得出这个想法是有来由的。因为我在导游的指引下，遥望到离城市不远的海中央，那座著名的孤岛——罗宾岛。

曼德拉，一个20世纪末震惊世界的伟人，就是在这座岛上，度过了他一生27年铁窗生涯中的18个春秋，直到年逾古稀，终于以他的不懈努力，率领南非黑人冲破牢笼，获得了与白人平起平坐的权力，而他自己，也从监狱跨上了总统的宝座。

人类世界的历史是个令人百思不得其解的谜。为什么同为人类，白种人总是领先一步跨入发展的高地？他们在获得先进的科技之后，便四出掠夺、扩张，用一切残忍的手段奴化有色人种，在世界各地留下了罪恶的印记。当荷兰人1501年首次登上好望角的时候，这里的土著黑人正在过着安闲清净的日子，然而就是这伙白人强盗的到来，宁静被打破，强权高压把他们打入了地狱。从此，12%的少数人统治了这块满是珠宝的大地。作为本是这块土地的主人，黑人却受到了种种限制，不能到白人的学校上学，不能进入政界，不能参加带技术含量的工作。不能进入城市中心，夜晚不能上街，否则警察可以随便开枪，打死黑人不犯法。甚至白人挖的水井黑人也不能使用，白人的厕所黑人不能上，黑人更不能

与白人通婚，等等等等。总之，黑人只能当奴隶，干苦力，没有权利，没有自由。这才是真的生活在水深火热之中啊。从此，白人与黑人，一边是靠掠夺和奴役，攫取大量资财，过着骄奢淫逸的生活；一边是当牛作马，辛勤劳作，受尽煎熬。至今开普敦的居民区仍泾渭分明：一边是山边、海边、林边的"三边"富豪区，有着无与伦比的享乐；另一边是低矮拥挤、破烂不堪的黑人区，过着穷困潦倒的生涯。开着高档小车、出入于高档写字楼的是白人；在马路上劳碌奔波、在郊外干着苦力的是黑人。这种长期形成的反差，恐怕还得若干岁月才能消除。

只有曼德拉，才能挥起他的巨手，扫除社会黑暗，还黑人以公平。

曼德拉为黑人争得了公平，主持了正义，他是黑人的骄傲，也是全人类的光辉典范！

随着1994年的选举成功，黑人登上了政治舞台，开始自己管理自己、治理国家的全新生活。然而，黑人要真正站起来，真正过上幸福生活，还有很长一段路程。由于他们长期接受不到良好的教育，很难走上智力型、技能型的岗位，"上层社会"还很难见到他们的身影。低层次、简单化的劳动，只能给他们带来微薄的收入，加上民族劣根性的延续，黑人的"懒"和"笨"还普遍存在，黑人中黄、赌、毒、抢等恶行还臭名远扬，因而形成了恶性循环：越不愿学习进取，越进入不了高层次的工作，越穷困潦倒；而越穷困潦倒，就越不愿学习进取，越难掌握知识技能。这已成为南非黑人政界中很多有识之士的忧虑和苦恼，深知贫穷和人才奇缺是阻碍国家发展的大敌。

尽管如此，人们却并没有否定曼德拉的伟大功绩。民主自由，这是一切人种的应有权利，不能因为其落后就实行禁锢、专制。用黄豆投票尚且能表达自己的意愿，更何况社会发展完全可以引导观念的转变，赋予人们获取知识、增长智慧的无限空间呢？

历史的车轮只能前进，倒退只会带来灾难。倒退愈快愈远，阻止倒退推动前进的代价就会愈加惨重。

为什么南非出得了曼德拉？地球上需要曼德拉的地方还有几何？

我们希望南非的车轮继续前行，为世界的明天作出有益的探索；我们更希望世界所有还在实行专制制度的地方，统治者和被统治者都明智起来，切实对社会对历史负起责任，给人民以民主自由，共同绘就人类社会美好的画图。

　　从桌山往南，沿开普敦山脉前行100公里，便到了好望角。站在好望角，但见悬崖陡峭，波涛汹涌，拍岸堆雪，令人胆寒。而登上好望角边上的开普角，俯身望去，好望角又成了一块伸向大海的小小岸壁，显得极其低矮，极其平常。开普角才是险峻之所。若是在飞机上往下拍照，则整个开普角又像是伏在大西洋与印度洋交界处的一只鳄鱼，根本谈不上险要，在辽阔的大洋面前，是那么渺小，那么不值一提。其实，世上好多事情都是这样，境界一高，再大不了的事，也都释然了。

（2012年6月15日作于南非开普敦）

啊，马塞马拉

到肯尼亚，主要是去看野生动物。

肯尼亚地处非洲中部，赤道边缘，属印度洋热带季风区。那里气候温和，雨量充沛，适宜动植物生长。全国有35个野生动物保护区，总面积约5万多平方公里，占国土面积的11%。其中最著名的要数马塞马拉。

出内罗毕，西行270公里，经6个小时的颠簸，我们一行进入了马塞马拉野生动物保护区。保护区占地1500平方公里，但这仅仅是一部分，因为它与坦桑尼亚接壤，中间仅隔一条马拉河，在坦境内还有6000平方公里，马塞马拉仅占整个野生动物保护区的五分之一，而且保护区没有围墙，没有铁丝网，与周边是无界限的，动物们可以在区内外自由来往。我们的车子在离保护区百余公里的地方，就可以看见角马、羚羊、长颈鹿、大象等动物不时出现。其实方圆几万平方公里都是野生动物的活动范围。这里真可称得上是野生动物的天堂。

野生动物的世界充满神奇。在一条较为完善的生物链上，"物竞天择，适者生存"的丛林法则体现得淋漓尽致。马拉河两边，时刻上演着惊心动魄的活剧。每年七八月份，是野生动物的迁徙季节，马拉河以南的坦桑尼亚一边，成千上万头角马和斑马蜂拥过河，前往肯尼亚一边的马塞马拉，那里有大片鲜美的牧草等待它们饱餐。然而马拉河是条生死之河，河里有凶残的鳄鱼潜伏着，每群食草动物过河，有不少要葬身鱼腹。那种捕猎与求生的争斗，那种前赴后继拼命度险的壮观景象，令人瞠目结舌，叹为观止。在动物世界，还有许多体现亲情、母性的悲壮场景，闻之令人咋舌。在一个纪录片中，讲述了一只母虎的故事。这只母虎被两只公虎同时看中，要取得占有权。当其中一只交配受孕生下虎崽后，另一只公虎竟勃然大怒，愤而将小虎崽咬死了。母虎无奈，只得又与另一只公虎交配，又生下了一只虎崽，谁知又惹恼了前面那只公虎，也将其幼崽咬死。母虎连失两崽，悲痛不已，为求保全，它竟想出了一个不可思议的办法：同时与两只公虎交配，让谁都认为生下的是自己的种。要知道，老虎发情交配是有规律的，大约每年一回，每回要持续五天五夜，每隔15分钟一次，连续不断。且老虎的生殖器上有倒刺，交配次数多了，会刺伤母虎。就这样，这只母虎强忍痛苦，连续十天十夜，不停地与两只公虎交配，结果生下的一只小虎崽，才免受两只公虎的残害。母虎将小虎崽藏在岩石缝中，以为万无一失，谁料当它觅食回来时，虎崽又被一条大蟒蛇吞食了。母虎气愤至极，疯狂地寻找蟒蛇，于是在马塞马拉大草原上，上演了一场惊心动魄的虎蟒大战。真是哀兵必胜，最后蟒蛇战败，不得不将吞下的虎崽吐了出来，仓皇逃走。筋疲力尽的母虎也不穷追败寇，它叼起死虎崽，轻轻放在自己脚下，然后仰头朝天，一阵狂啸，啸毕将虎崽吃掉。此后不吃不睡，天天哀嚎，直至死去。这个悲惨的故事，看得我欷歔不已。这种母性亲情，就连人类都为之逊色。

到得马塞马拉，当地的导游安排了一辆敞篷越野车，载着我们往草原深处驰去。大地一望无际，青草遍地，间或有一棵或是一丛大树，苍翠遒劲，构成了一副优美的画图。草原上，时而是一群数以百计的羚羊，时而是数头巨无霸大象，时而有雄壮漂亮的斑马、角马走过，时而见高贵优雅的长颈鹿在漫步。偶尔见到几只狮子，也大都是一些"睡狮"，要么躺在草丛里呼呼大睡，要么在互相嬉戏打闹，就是我们的车子开到了面前，它们也视而不见，根本不当回事。看到这样一幅场景，我怎么也难与"危险"二字挂上钩来。你看，动物们安闲自在，各得其所，哪有什么弱肉强食、你死我活呢？导游听了，哈哈大笑，他说这是在六月天，又是下午，本地动物并不很多，食肉动物如狮子猎豹等，都已在夜里或早上捕猎完毕，吃得饱饱的，正在养精蓄锐，待夜色降临再出动搏杀的。再过一个月，等坦桑尼亚那边的大批动物涉过马拉河，这里的青草就会连片被啃光，刀光剑影的捕猎场景也就屡见不鲜了。那些可怜的食草动物们，就只能用它们的奔跑速度，来训练那些食肉动物，将它们的血肉之躯，奉献给狮虎豹们作盘中餐了。

是啊，弱小者总是受欺负遭凌辱，强悍者总是要威风逞霸道。

世界的不平，原来存在于一切生命界中，叫人类怎不更加险恶三分呢？上帝啊，你究竟在哪里？你主持了什么公道？你不就是在创造着不平吗？

我望着眼前这茫茫草原，望着这暂时的和平景象，脑子里满是战场的幻象，满是对那些弱小动物们的忧虑和哀叹。

来到马塞马拉，就不能不说马塞人。

"马塞马拉"的意思，其实就是马塞人的领地。马塞人在肯尼亚是一支彪悍的部落，他们种族特色非常鲜明，虽然都是黑人，但他们的身材相对高瘦，不论男女，都是脸颊狭长，厚嘴唇外翻，大门牙暴突，尤其有着一双机警敏捷的大眼睛。马塞女人除了与其他黑人一样有着丰满的乳房和高翘的臀部外，还有一双奇特的耳朵，由于从小就穿了几个耳眼，佩戴着沉重的饰物，竟将耳垂拉空，形成了一个垂肩的大洞，那些五光十色的饰物，已然吊到了胸前，十分有趣。马塞男人以放牧为主，一般都是披着一块红底花格子大布袍，手执木棍，在辽阔的草原上非常显眼。马塞人的骁勇是著名的，有着"狮子也畏惧"的传说。据说在很早以前，有个部落的一头水牛被狮子咬死了，马塞人最看重牛羊，几乎与生命同价。其精心喂养的程度难以想象，大凡牛崽羊羔生下后，都要置于自己的房里，同吃同睡，不离左右。这头狮子竟然闯进村寨咬死水牛，马塞人怎肯甘休？他们发起狠来，穷追猛撵，一连撵了三天三夜，竟把狮子撵趴下了。从此，马塞人的勇气和耐力闻名遐迩，声誉大振。肯尼亚政府为了保护这一特殊族群，特地依照他们的习性，把马塞马拉区域划为他们的专属领地。我们看到马塞人几与野兽杂处，虽然狮虎闯进村寨咬牛叼羊的事时有发生，但总体上还是睦邻友好，相安无事。特别是马塞人对动物的保护意识很值得称颂，从不因贪图利益而捕杀动物。正因为此，这里的野生动物才能自由繁衍生息，不致被赶尽杀绝。

马塞人是可敬的，但他们也是无奈的。随着旅游业的发展，马塞马拉的宁静被打破了，一辆接一辆载着来自世界各地游客的越野车，把大草原划开了一道道口子，游客们不满足观赏食草动物，专门去寻觅凶禽猛兽，于是那些车子都挂上了天线，以利相互联络。一辆发现了狮豹，其余的便蜂拥而至，甚至不顾一切地在草原上狂奔。噪音、尾气、闪光灯、车轮的碾压，构成了对这个地球上所剩无几的野生动物生存空间的极大破坏。不知这些野生动物们作何感想？我似乎从它们的眼神里，看到了惶恐，看到了哀求。

我们的地球，要是多有一些马塞马拉多好：风吹草低，林木葱茏，物种众多，共生共存……

可眼下的马塞马拉竟也岌岌可危了！

其实世上最凶残最不顾后果的不是野生动物，而是人类！

（2012年6月21日作于内罗毕——迪拜）

独行者不孤独
——心中自有同路人。

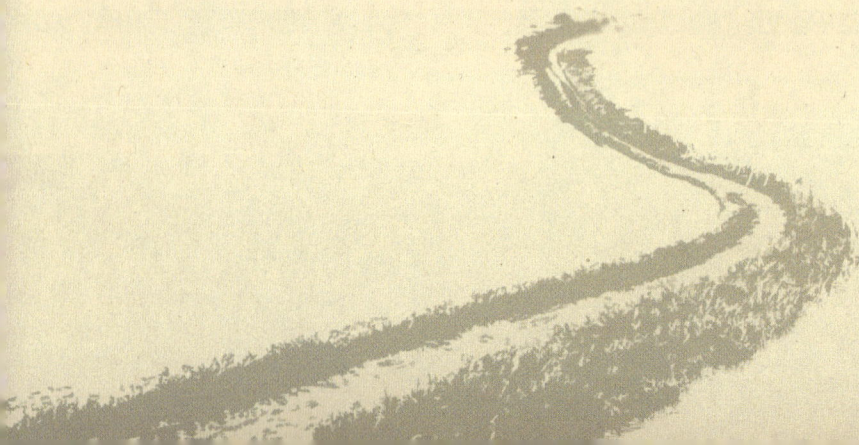

独行的咏叹　第二辑

咏人

修水人

　　修水是个出名人的地方，这从陈跃进先生编著的《修水历史名人选编》中就可以得到佐证。书中收录的名人，自宋以降，至民国初，就有30位罗列其内，且不拘一格，政商学工三教九流各有代表。古时讲到名人，多以科举进仕论，据不完全统计，修水自有科举的隋唐时起，至清后期，共出进士382名，作为一个县来说，虽不算很突出，恐怕也不是个小的数字。光是黄庭坚故乡杭口双井一个家族，在宋一朝就出了进士48名。这在其他地方是不多见的。作为一个名副其实的穷乡僻壤来说，委实不容易。

　　至于为什么修水历朝历代各种名人层出不穷，且先后走出了黄庭坚、陈氏四杰（一说五杰）这样名冠天下的大家？说法很多，至少有"山水养育"说、"地缘优势"说、"穷则思变"说，甚至还盛传有

"妃子后代"说，等等。山水养育说当然有理。这里山清水秀，奇峰异岭遍布西东，小溪大川梭织南北。朝承天地之灵气，夕饮乾坤之甘露。孕育不出杰出人才才怪呢！地缘优势说也有道理。这里地处湘鄂赣三省边界，幕阜、九岭两座山脉纵贯全境，虽然离武汉、南昌、长沙等大城市都较远，但属三省九县的中心位置，在古时以驿道为主的交通环境下，这里还是一个地域的集散地，无论经济、政治、文化等信息，都有声先夺人的优势。较之一般地方而言，人才也就自然活跃多了。穷则思变说应是最实在的。要说偏，修水真是偏得出奇。这里被重重山峦包裹着，离周边大中城市全在300公里以上，且翻山越岭，崎岖难行。东西南北，哪条国道都不经过修水，铁路、机场就更不用提了。修水又没有可供开发的资源，所以专为此地修条路的梦想也就难以成真了。直到目前，也才有一条高速公路踏了修水一点边。穷就更是穷到了底。从老辈人的口中，我们听到的几乎全是穷的故事。由于资源匮乏，交通不便，这里工业一直都难以发展，光靠山地耕作，只能在穷困线上挣扎。至今修水还和很多地方一样，多数农民仍在背井离乡靠打工谋生。可想而知，古来有多少热血儿男是悬梁刺股、凿壁囊萤，求得跳出山沟、飞黄腾达的啊！名人不也就这样涌现出来的么？至于妃子后代的传说，均为野史闲谈，无甚依据。即便确有什么李自成、洪秀全们败落江南遗留一群妃子在此，也不可能繁衍出几万几十万聪明绝顶的后代吧？依我看，任何一个地方，出名人也好，出人才也罢，风水灵秀、信息畅达等外部条件都是需要的，但绝对是次要的。主要的还是天才、勤奋加机遇，三者缺一不可。本书中多位名人的成长轨迹，都充分说明了这一点。比如著名的就有：抗蒙名将余玠"靠实功夫"立业，"一柱擎天头势重，十年踏地脚跟牢"。宋高宗表彰工部尚书莫将"先王事于家事，夙负勤劳；视国艰为己艰，弥昭贞

亮"。广南经略安抚使冷应澂有《述怀》诗曰"仁廉两个字，忠孝一生心。出省轻候印，归宁问俸金"，他的著名格言是"治官事当如家事，惜官物当如己物"。试想这样的廉能官员，无论古今，不都是凤毛麟角吗？

值得指出的是，修水名人（应该包括好多不是名人的可贵人才，姑且简称"修水人"罢），有一个共同特点，那就是倔强的性格。具体说就是无论做官从文，抑或经商务工，都是凭本事打天下，从不搞攀龙附凤、巧取豪夺、投机钻营那一套。事业成功了，就利用自己拥有的平台，努力做出业绩；不成功就另辟蹊径，走自己的路，宁可穷困潦倒，也不弯腰求人。这方面最典型的例子当然要数陈门三代了。陈宝箴靠经天纬地之才，以击败太平天国残部、成功护卫义宁府（即今修水）的奇功，赢得了朝廷的信任，直至官居湖南巡抚。在巡抚任上，他励精图治，践行新政，成为名耀中华的一颗新星。后因参与戊戌变法而被革职，继而被慈禧赐死。从头到尾，他没有一点讨饶求赦的意思，毅然率家带小，结庐豫章，最后奉旨饮鸩而亡。他的儿子陈三立有感于父亲的沉痛遭遇，誓不为官，由当年"倜傥有大志"的"义宁公子"华丽转身，成了精舍笔耕的"散原老人"，潜心研创诗文，终于开创了著名的同光体诗派。特别是其孙辈陈寅恪，真是学贯东西才高八斗，可就是他那个倔强的性格，叫人击掌叹息。留学十几个国家，光语言都掌握了20多种，竟没有拿到一张文凭，哪怕只要等几个月半年都不耐烦。他的理由就是：留学的目的是学到知识，而不是拿文凭。回国后，先是蒋介石要他写一部唐史演义，他看出这是蒋要借以为自己涂金抹彩，变相的树碑立传，他决然拒绝。后来毛泽东要他出任中国社科院中古研究所所长，据说他提出三个条件，即在他那里不喊"万岁"，不规定某一理论为指导思想，不设书记。试想这样三个条件一提出，他还干得了么？于是只落得个"著书唯剩颂红妆"（指他编著的《柳如是别传》）了，而他的满腹经纶也只为社会发挥了万一，几乎全都胎死腹中了。与其说这是他个人的悲剧，还不如说是国家民族的悲哀啊！像这样的"倔"劲儿，孰好孰坏，谁能说得清呢？

修水人的"倔"劲儿体现在官场上，有两个鲜明印记：忠诚与刚烈。也许是深受儒家思想熏陶的缘故，修水人的"忠君"观念很强，总是信守"食君之禄，忠君之事"的信条。所以修水人往往需要有识人者赏识，一旦被信任被重用，则能肝脑涂地在所不辞。而倘若被人怀疑或是被看轻了，修水人要么拂袖而走另谋新就，要么埋头发奋一鸣惊人。刚烈则是修水人仕途艰险且多中途夭折的致命之处。耿直率真的本性，促使修水人在认准一个事情之后，便旗帜鲜明地"认死理"，坚持自己的观点不改不悔，哪怕导致自己吃大亏遭大难。大名鼎鼎的文豪黄庭坚又是一个绝好的例证。他因出类拔萃的品性和才华进士入宫，又因关注民生疾苦、卷入王安石变法及其党争漩涡而屡遭贬谪。古时朝廷对官员的处罚，其中就表现为对其安排得离京越来越远。请看黄庭坚的做官路线：最先是河南叶县县尉，接着是江西泰和知县、平镇（山东商河）监镇压官。中间有过一个得意的时段，任过朝廷的几个刀笔小吏职务。以后依次是涪州（重庆涪陵）别驾、黔州（四川彭水）安置、戎州（四川宜宾）安置。此时昙花一现，任过9天的太平（安徽当涂）知州，最后还是羁管宜州（广西宜山），彻底罢官不说，还被软禁起来，结果以 61 岁的年龄，凄惨地死于宜州贬所。尽管一生如此坎坷，身心受到极大折磨，他却毫无悔意，矢志不移。对于为官之时深入百姓体恤民情、力拒苛政为民请命的做法，他从不因自己的进退而改变；哪怕因此招致同僚挟私报复遭贬挨整也无所谓。自己的满腹经纶在政界用不上了，他就转而修道励文，潜心诗书创作，终以诗词开宗立派、书法位列宋朝四杰的千古伟业被载入史册。现在看来，这又是封建社会逼官为文的一个绝例。设若黄庭坚当时不遭贬谪，顺行官场，那么流芳百世、绝无仅有的江西诗派、黄体书法也就没有了，这岂不是中华文化的巨大损失？回头再看入仕者，即使官至宰相尚书、封疆大吏，又有几个是能名留青史的？就连位列至尊，当了皇上，绝大多数还不是"荒冢一堆草没了"？谁又认得出几个呢？由此细究之，修水人乃至一切有才华有作为的人，都需要保持一种刚烈，亦即文化人的独特风骨：信仰真理，坚守气节，傲然于世俗，豪放于人间。

以上两段文字，是受了手头这部《修水历史名人选编》书稿的触动，生发出的一番感慨，究竟属是属非，还要见教于诸位方家读者。

真的应该感谢陈跃进先生，精心编出了这本名录。在跨度这么大的历史长河里，要从众多人物中选取"名人"，是极不容易的。这要解决两个问题，一是何为名人？二是谁够得上名人？搞清楚这两个问题，又需要有两个条件：高度的历史责任感和对历史文化、对故乡的挚爱。我看跃进这两个条件都已具备。修水现今的文化人很多，著书立说的也不少。光我所知，作家中就有写小说、散文、诗歌、报告文学、戏剧小品的，各门各派应有尽有，精品名篇也不断问世。但跃进却有他自己的独到选择，多年来，他一直潜心钻研修水的历史文化，先后出版了《义宁演义》《黄庭坚》《纠葛》等作品，受到了业界和读者的高度赞许。这说明他是一个能洞察历史的人，是一个有思想深度的人。也说明他深深的爱着自己的故乡，且被故乡修水厚重的历史文化所感动着。本书所写的30位人物，除个别尚需斟酌外，绝大多数应是立得住的，是无愧于"修水历史名人"的头衔的。当然，在滔滔历史长河中，修水名人肯定还有很多，一本《选编》不可能全部覆盖，也许还有更有名的名人被遗漏，但都不能对作者太苛求。本书还有一个特点，就是所选的角度注重了代表性。既以仕宦为主（30位中占了21位），这是因为封建社会毕竟是学而优则仕的时代，优秀人才大都入了仕。同时又选取了几个农商茶医的代表人物，以彰显"我劝天公重抖擞，不拘一格降人才"的理念。编撰中还注重了一个"实"字，忠实于人物的本来面目，不添枝加叶，不加入作者的主观评述，以保持真实性、可信性。这些都是难能可贵的。我想选编这个名录，其愿景还是在于激励后人，通过学研先贤，考量自己应该如何立身处世，做事做人。以我之心得，修水先贤的身上，那些刻苦求学、发奋上进的精神，那些精心待事、诚信待人的品格，那些刚正不阿、顶天立地的秉性，都是值得我们学习并发扬光大的。我相信，当今80万修水儿女，一定能够青出于蓝而胜于蓝，以更加厚重的德望、更加杰出的品行、更加辉煌的业绩，彰显出更多更好的名人！我们热切地期盼着。

（2011年8月6日作于南昌孤云阁）

悦说四贤

古人云：人生得一知己足矣。回顾我的人生历程，知己何止"得一"？得之多矣。

由于我的经历比较丰富，屈指算来，我大略有三个社交圈子。一个是战友圈。我从军多年，官至正团，转战闽赣两省五个部队，战友自然很多。光从称呼上看就很有意思，叫我处长的是江西省军区的战友；叫我股长的是福建平潭岛来的；叫我干事的，那是我参军发迹的地方——老部队的老部下；还有直呼我"法元"的，犹显亲切，自然是我的老领导或是老同僚了。第二个是文化圈。我转业到地方后，对我人生之最爱——文学创作，几已成了终身难解的情结。多年的以文会友，使我在人生征途上又增添了许多挚友，他们中，有省、厅级领导干部，有著名作家、评论家，有令人艳羡的佳人才女，有势如朝阳的文学新锐。我们常常三五个一会，八九个一聚，每年也有一两次规模较大的文学沙龙。心灵交汇最多的还是在报刊上，在网络里，在欣赏拜读一篇篇才华横溢的作品中，那个中滋味，怎一个"好"字了得？

第三个是老乡圈。我定居的南昌，是一个不算很大的省会城市，按"中国特色"的说法，处于发展中地区。既是省会，自然就聚集了不少本县人。承蒙大家错爱，推举我担任老乡会的会长。老乡会实际上就是一个联络感情的标记，算不上组织，也不是团体，平时很少集会，一般只在年末搞一次规模稍大点的联谊活动。自从中央"八项规定"下达后，为响应勤俭节约的号召，这个活动也不搞了。我的老乡们对我非常敬重，恩爱有加，使我的生活平添了许多裨益和乐趣，提起他们，我真是如数家珍，如沐春风，滚滚暖流涌上心头。

最令我受益终身、难以忘却的，还是几十年如一日、陪伴我栉风沐雨一路走来的大有、作全、礼新、建荣四位乡邻，我深情地称之为"四贤"。

我之所以要写他们，是因为我们有着少有的奇遇。我们五个人的老家同在幕阜山深处，重峦叠嶂把我们圈在了一个狭小的沟壑里。我和大有、礼新是同一个村的，另二位作全、建荣也是隔壁乡的，相距不过几里路。我还曾当过大有、礼新的小学老师，虽然我大不了他们几岁。就这么几个人，长大后有的当兵，有的上大学，都搏出了深山，不想多年后奇迹般地又聚集在一起，而且工作单位相近，家庭住所相邻。随着购房搬迁的几经变化，我和大有竟住到了一栋楼里，真是聚散一杯酒，往来一阵风。隔窗相望，锅碗之声相闻。这不是难得的奇遇么？古人说人生四大乐事，其中就有"他乡遇故知"啊。

大有小时候师从我整整三年，且品学兼优，是我最得意的门生之一。至今在我的脑海中，仍跳跃着一个活泼精干的少年，他细长的个头，秀气的面孔，因前额发际边有一个小旋窝，所以在一片向前的黑发中，当头一撮倔强地竖立着，就像一泓欢快流淌的溪水中，凸立着一株青青的小苗，特别招人喜爱。那时我们公社（即现在的乡镇）有十几所学校，每年都要搞一次文艺汇演和体育运动会，为我们学校拿奖的同学中，大有是我的"王牌"。文艺汇演，他的节目一般都是优秀节目；体育比赛，百米、60米、跳高、跳远这四项冠军一般非他莫属。我们虽是师生，但我基本上把他当做弟弟来带，常常放学后我要留他在学校，晚上睡在一床。我们没什么玩的，就把手电筒的水银碗取下，在玻璃上写上反体字，照到蚊帐顶上，叫"放幻灯"。一眨眼，我们便是多年的分离，尔后又是分离后的相聚。如今，大有也已过知天命之年，虽然还是那么意气奋发，但他的头发已经升顶，前额上那个倔强的小漩涡不见了，代之而起的是一片光滑的高地，一如几十年的机关打磨，使他那棱角分明的性格变得像一颗鹅卵石，成熟、老练、谦恭可掬了。唯有对我的尊重关爱，始终不变，且愈加深厚。我这个不像样的老师，竟然到老都有学生在身边呼唤，确是我一生之幸事。而且这个称呼业已大范围扩展，我的好多老乡、甚至大有的好多朋友，都跟着他叫我老师，把我搞得受宠若惊，其乐融融。

　　作全和我一样是行伍出身，都是从福建部队调入江西的，先在省军区服役，后来转业地方。和其他"三贤"一样，作全也是属于品高学深、德才兼备的人才，尤其文采很好，走到哪里都是靠摇笔杆子吃饭，每上一步台阶，都是靠拼死拼活写材料，得到领导欣赏而重用的。用我们老家的俗话说，是赚的两个苦钱。作全出身最苦，小时候失去了妈妈，二十来岁父亲又病故了，正因为此，他妻子总是对他特别关心，她要用她的爱，来弥补他缺失的母爱。从另

一角度来说，这又是他的福气。作全最可爱的时候，是喝了八分的时候。我们几个的来往十分平淡，不健康的活动从来不搞，在一起总是讨论一些做人做事的经纶，或是共同为哪一家商量解决一些遇到的困难和问题。唯一纵情的事儿就是喝两杯。作全的酒量最大，一般半斤八两难得搞醉他。他在我们几个家中把盏时，总是笑眯眯的，用了很多题目敬酒。大有、礼新好几次想把他拼下去，结果都是自己以失败告终。衡量作全是否醉了的标志，就是他重复话题，还有就是打电话。倘若酒后他反复说着一个内容的话，或是深夜接到他的电话，那么十有八九是喝高了。当然这只限于我们五人之间，在外边一般不喝或是少喝，起码不会喝高。我们五家就像是一个共同的温馨港湾，累了，烦了，在这里肆无忌惮地释放一下、恣肆一下，以求得一种抚慰和放松，这也是人生的一种幸事啊！

　　"哎，你有几餐饭要请我们吃啊！"高腔高调的声音，大大咧咧的模样，近视镜片后面，眨着一双狡黠的眼睛，展露出一副煞有介事的神情，这就是礼新。礼新是我们五人中最热闹的一个，每次相聚，他总要做一些逗趣性的调侃，吵吵着要别人请客喝酒。比如谁评了先啦，加了级啦，孩子考了好成绩啦，等等，他都要提出没请客的抗议。当然谁都知道，他这是赞赏别人的一种特别方式，真正谁家请客时，他倒显出些许不安来，过不多久，他总是会找个理由，把我们请去。我们五个有四个在政界，唯有他在银行工作，他又是无党派人士，所以经常在我们面前昂首挺胸，向"贵党"提出建议意见。他的普通话有点蹩脚，与人交谈不时会夹杂一些土语，有一次他在电话里要记下一件事，可钢笔没水了，他急忙说："你等一下，我写不现了。"又有一次，有人在他家门口敲门，他说门没关，"你抻一下（意为推一下）就开了。"被我们作为笑柄。他很爱他的妻、儿，妻子进步大，已是一家大型国企的总部部门正职管理者，儿子以高分考取了名牌大学，对此他都引为骄傲、自豪，颇有洋洋得意之感。他颇得朱子家训之精髓，思想传统得很，对我这个挂名的小学老师，他尊敬有加，无论饭桌上，或是喝茶聊天时，他都要按序而坐，从不马虎。

我们五人中年纪最轻的是建荣，他又是住得最远的一家，来来往往他最辛苦。多年来，他都是一辆破自行车，随叫随到。直到近两年才"鸟枪换炮"，买了一部小轿车，总说轻快多了！建荣是个文雅人，逢人笑容满面，说话轻言细语。他善诗律，和我常有唱和。尤其书法精湛，正楷行草龙飞凤舞。只要来我家，总要在我的书案上留下几幅墨宝。建荣是个十分有担当的人，他兄弟姊妹几个，从读书到找工作，到谈对象结婚，没有一个他不操心的，有时我们都忍不住说他，叫他不要包打天下，少操些心。比如他有个弟弟，书读到博士，年纪三十多了，还没找到对象，他急得不得了，见面就教训，背后总埋怨。他弟弟却自有主张，几年后突然宣布找到了一个女博士，带给我们看了，只见女的不仅有才，而且有貌，年龄又相仿，好像早就在等着似的。婚礼那天，建荣乐得心里开了花，总是憨憨的笑，眼角挂着泪花。他说我真的管不了他们，再也不操那么多心了。可一转头，又在考虑另一个弟弟的工作调动问题。他又是个孝子，尤其前几年父亲病故后，对多病的母亲他是时刻挂在心上，每隔两个星期便要回去看望一次，来回五六百公里路程，他乐此不疲。我们都深受感动，同时又为他的奔波劳累特别是安全问题牵挂在心。

有好些年头，我们的境况相当艰苦。我们五个都是出身贫寒，远离故土，上不靠天下不靠地，完全是白手起家。自己艰难不说，老婆孩子跟着受了不少苦，至今回忆起来还蹉跎不已。比如早年回家过年时，我们真像逃难。那时道路崎岖，交通不便，从南昌到修水，要走七八个小时，翻过一座高山，颠得骨头散架。有一年我和作全两家年后返回，乘坐的大巴车上全是外出打工的男女，挤得密不透风，作全让我们坐在靠窗里面，他坐走廊边上，死劲挡着往里歪的人群，刚好紧靠着他的是一个妇女，实在不行了的时候，他就在那妇女的腿上拧一把，那女的便痛得往另一边挤，我们见了笑得不行。没办法，不这样我们就都要被挤趴下了。我就是那次一路上与一个站在我身边的小姑娘交谈，了解到那群打工妹的情况，后来才写下了《呼唤远山》的散文的。还有一次，我们在县里的朋友借到了一辆囚车，特意开到南昌，接我们几家回老家过年。我们想，坐囚车总比挤公共汽车好些，也就顾不得许多了，而且还多带了一些东西，连人带物塞满了一车。坐那趟车真的还不如囚徒，行到南皋山，几个女同胞就开始哇哇呕吐起来，及至到达修水，连大有等男的也忍不住翻肠倒肚了，杀猪似的声音此起彼伏，大人小孩个个东倒西歪，全乱了套。我是经历过沙场历练的，虽不会晕车，但要一边照顾几个小孩，一边扶住那些行李，也把我累得腰酸背疼了。真是辛酸同尝，患难与共啊！现在每每坐在舒适的小车里，走在平坦宽阔的高速路上时，总会回忆起艰难年代的情境，实实的感受到了幸福和满足。

我们五家中，他们都是生的男孩，只有我生的是女孩，于是他们四对夫妻都把我的小孩当做掌中宝，有好吃的总是先要让我小孩吃够，或是特意做给她吃，即便自己的小孩也放在后头。每到周末，我们几家总是聚在一起，有的摆开扑克打拖拉机，有的看书写字带小孩，有的端茶倒水弄吃的。不管到谁家，都要想方设法做几个拿手的家乡土菜，有大臊子、小臊子，有糖炒糯米果、油煎糯米饼，还有从老家带来的烟熏腊货，加上来几碗用塑料壶装的家乡自制谷酒，一醉方休，以此寄托思乡的情怀。那时虽然生活都不宽裕，但几家人和睦相处，患难与共，都觉得苦中有甘，其乐融融。后来生活条件逐渐改善了，土谷酒变成了瓶装酒，再后来讲究喝点品牌酒；抽烟呢？由大前门到阿诗玛、红塔山，再到金圣、中华；

菜的花样也多了起来，时不时的还有点山珍海味上桌。时间一晃就是20多年，尽管孩子变大了，房子变阔了，事业进步了，生活小康了，可我们五家的感情却依然如旧，且越来越深。要说变化，就是过去喝酒可以开怀畅饮，尽醉无妨，现在年纪大了，不敢海喝了，互相都提醒少喝点儿，适可而止；过去抽烟你来我往，争着发烟，现在我和大有自觉戒了烟，作全本不抽烟，礼新和建荣抽得少了，也自觉讲文明，不在屋子里抽了。

说"四贤"，最要紧的是贤在人品上。做人的品位高了，对什么都会豁然开朗。我们从事的都是机关工作，一年到头辛苦繁忙，但相逢时从无牢骚，总认为"端人碗，服人管"，理所当然。互相间多为鼓舞鞭策，激励进取。而对于自己的名利地位，都是淡然处之，愉快服从组织安排，没有一个是喜欢投机钻营的。他们四人都是业有专攻，个个胸怀绝技，本领非凡。作全是纪检监察战线的领导，大有是党史研究专家，礼新是银行界翘楚，建荣是人事工作精英。我和作全进步快一些，谁都知道是凭实干拼出来的。而另几个就没有这么好的运气了。有的处长一当就是十几年，仍然动惮不得；有的单位升格他却明升暗降；有的给个一官半职还要到基层艰苦地方转一圈。回顾我们走过的路，我以为其他方面都没有遗憾，就是不会跑官要官，不会折腰屈膝，坚持了自己做人的原则，改不了身上的骨气、正气。令我异常欣慰的是，我们都能做到顶天立地，宠辱不惊。即便有些失意，抑或有些怨气，也是一吐为快，过后照样饮茶喝酒谈笑风生。

长期的密切交往，使我们逐渐形成了共有的家风：做人讲品位，做事讲勤奋，孝以尊长，诚以待人。我们都有个贤妻，对丈夫全力支持，对家庭任劳任怨，互相间亲如姐妹。最可贵的是都很善良，贫贱不移，富贵不骄。到后来，我们的家风又传承给了下一代，子女们做人做事都有章法，孝敬长辈，读书努力，工作勤勉，风正气华。听说他们五个还间或相聚，轮流做东。他们又以新的方式，在续写着我们纯正友谊的美好篇章，在咏唱着中华民族古老文化的动人旋律。

说来惭愧，四个人陪伴我走过了漫长的岁月，可我却没有给他们带来什么利益。相反，人到暮年，我倒成了他们照顾的对象。我的仕途从以前的风生水起，到嘎然休止，十多年纹丝不动。我本在深为人们钦羡的重要部门工作，后来种种原因使我选择了现在的文化单位，抛开烦恼事，钻进故纸堆，也颇自得其乐。然而别人就不会这么看了，组织的温暖自然难以照到我这个边缘化了的人身上，很多人的眼光心态更是来了个急转弯大转弯。对此我早有所料，"既已皈依，自须五戒"，金盆洗手，只问渔樵。我立意锁猿收马，潜心笔墨，不问秦汉，无论魏晋。我取李白"众鸟高飞尽，孤云独去闲"之意，将草堂起名为"孤云阁"。又在楼顶空地上广植菜蔬花果，取名为"抚心园"。还在门前挂联，上联是：心入禅境乃仙境；下联是：卜居异乡即故乡。在这种情况下，唯有许多乡贤、文友不落世俗，一如既往，时常光临寒舍，真个是大浪淘沙始得金，剩下的就是"谈笑有鸿儒，往来无白丁"了。最难得的，当数我的"四贤"。大有与我同住一楼，我们的业余生活几乎融为一体，下班挥拍打球，灯下品茶论书，时而对盅小酌，间或酒肆会友。每到周末，另几家住得远些的，只要无琐事缠身，便鸾驾遥临，瞻纬暂驻。孤云阁上，或茶肆坐禅，谈笑风生；或书房开卷，各得其益；或棋牌娱乐，放松心情；或舞文弄墨，品鉴雅风。倘若风和日丽，抑或月朗星稀，我们便步入抚心园，春赏百花之艳，夏享瓜棚之凉，秋闻橘桂之香，冬赞腊梅之旺。想此等境界，虽天上神仙，海底龙君，古来高人，西域雅士，不过如此！我的感受就更多更深了。在失去了某些名誉光环之后，我还有挚友相伴、高士往来，岂不是大快事么？

我常想，衡量人生幸福与否，有三个必要条件：有一个健康的身体，有一个和谐的家庭，有几个真正的朋友。这三条缺一不可，最需要倍加珍惜，其他都无关紧要。不管是奔名奔利，求财求誉，都要适可而止，能得到当然好，不能得到千万不要强求。因为名利都是身外之物，生不带来死不带去。生活好点差点，过得去就行，太好了反而疾病上身。寿命长些短些，讲求的是质量好差，"赖活不如好死"。世界上什么都有尽头，唯有人的欲望最无止境。因此遏制了欲望，人就会活得轻松；找到了属于自己的领地，人生就会其乐无穷。

我由衷地感谢"四贤"，感谢众贤。生命里有了你们，我的心海就会波掀浪涌，我的心空就会阳光普照，我的生活就不会寂寞，我的旅途就会铺满鲜花。

又是一年岁末时，我们照例聚在一起，商议春节怎么过法。他们都要回老家，唯有我走不开，须留在南昌。见我有些惆怅，他们都说你就坚持三两天吧，我们一定早点回来，到时再来陪你过节。我口里没说什么，心里却早涌上了莫大的感激。其实，在不在一起过节倒没什么，关键是在心里有个聚会的盼头，有份温馨，有个牵挂，有盏照得心间亮堂的明灯。

（2014年1月12日作于南昌孤云阁）

门卫轶事

　　住在城里，搬家的次数愈多，接触到的门卫也多。门卫大都是生活上有一定困难的人，譬如下岗职工、家庭收入微薄者、住房紧张者等等。他们虽然属于贫困阶层，但人品都很好，对门卫工作尽职尽责，对院子里有较好工作较丰收入的人崇敬有加。对此我常常深受感动，每每下班时稍有空闲，便要在门口坐坐，与他们拉拉家常，或抱过他们的孙子辈逗逗乐子，那时刻真的忘了烦恼，其乐融融。

　　在我接触的门卫中，有许多是难以忘怀的。譬如有位徐姓老太太，年约花甲，我们皆呼之"徐婆婆"。徐婆婆真是个好婆婆，她属于瘦弱型，个子不高，身子骨也不十分硬朗，布满皱纹的脸上，常常挂着慈祥的笑容，一头花发剪成齐耳长短，一身对襟衣褂总是干干净净，给人十分利落的印象。她的工作责

任心是没说的，倘在上班时间或晚上有生人进院子，她在反复盘问之后，还不放心，还要跟随其后，步上楼梯，直到主人家开门无误才退回去。据说为此遭到不少来访者的斥责，甚至个别住户不理解的也要说上几句难听的话。可徐婆婆不介意这些，她说只要这院子里平平安安，自己受些累不打紧，挨些骂也不怕。她对我们这些人则毕恭毕敬，进进出出见了面，总是笑脸相迎，轻声问候。不知别人感觉如何，反正我每当下班进院子时，见到她就有如见到母亲般的亲切。徐婆婆的老伴姓周，原是工厂的师傅，退休后，在离我们院子不远处开了一家小五金店，白天在店里，晚上住到门卫的宿舍。周师傅也是慈眉善目、心地善良的那种人，还喜欢抽支烟，喝二两。我和他唠嗑最多，无非也就是买卖上的事儿，抑或互相扯扯见闻而已。徐婆婆做了几个好菜，供周师傅下酒。偶尔遇到我时，老两口便热情相邀，我只要有空，便也不客气，就在他们仅几个平方又当饭厅又当卧室的房子里喝上几杯。此时不但笑语不断，而且心情特别好，小屋里充满了祥和的气氛。当然逢年过节，或是我出了趟远差回来，我也要叫妻子给老人送上点烟酒或水果什么的，以表我们的心意。久而久之，竟像亲戚一般走动起来，就是后来徐婆婆辞了工作回了家，偶尔也会来我家看看的。

我对门卫印象最深的，当数老汤和她的一家子了。老汤其实是一家大企业的管理人员，可惜企业倒了，她和丈夫老吴一起都失业了，于是应聘来当门卫。老汤当门卫与别人不同，她除了负责院子的安全、卫生外，还不忘自己的专业——管理。一旦空下来，她总是架一幅老花镜，拎了个凳子往大门口一坐，认真地阅读着书报，偶尔还会在小本本上记些什么，我想这就叫学无止境罢？我还发现她将管理科学运用到了门卫工作上，将丈夫和两个儿子都调用起来，各有分工，有负责开、关大门的，有维持自行车棚秩序的，后来还有专门照看花圃的。晚上则根据几个人不同的工作轮流负责值班，她自己主管白天，兼搞卫生，整个儿搞得有条不紊，错落有致，而且别人还看不出什么异样，只感到她那儿一家子生活得相当协调，工作安排得相当不错。大家住在院里感觉既安全又安静。

老汤有一个"妇唱夫随"的丈夫，真的很不错，有人直夸老汤福分好呢！你瞧这老吴，瘦瘦的身板，中等的个头，见人只会笑，轻易不开言。生活中一定是个乐天派，从没见他愁眉苦脸过，一双小眼睛总是透出温和而平静的心情。他特勤快，且助人为乐，加上有一个灵光的脑袋、一双灵巧的手，什么修自行车、摩托车啦，搞个充电的小电灯啦，修个门锁补个拉链的啦，他一上手就会，一拨拉就成，所以常常急人所难，帮人所需。有好几次停电了，他都是拎着他事先制作的用充电电池装成的小灯泡，为进出院子上下楼梯的住户们照明。最常见的还是住户们的自行车、小摩托车，几乎天天都有他的"生意"，他也乐此不疲，挥汗如雨一手油污，直到帮人整利落了，愉愉快快地骑了上班，他便站在门前，目送着他们，无声地微笑着，充溢着满足感。我说老吴呀，你不如就在这门口开个修车店，还可以赚几个钱哩。他笑了笑，摇摇头，什么也不说，仍旧不停地忙乎着。

我们院墙里边有一块空地，因是朝南，阳光充足，不知哪天哪户人家阳台上的一盆花草快不行了，便端了下来，打算丢掉。老汤见了说，不如放这里晒晒太阳看，说不准还有救哩。于是这盆花就在这儿养着，老汤与老吴很用心地侍弄起来，不几天，果然那快要枯萎的叶子又泛起了鲜活的绿色，那骨朵儿逐渐地绽开了笑靥，煞是惹人喜爱。从此，门卫很会照看花草的事儿又传开了。院子里各家各户有难养活的盆景儿，或是长大了放不下的花草儿，就都拿到这块小场地上，由老汤夫妇照料。久而久之，这儿居然成了一个小小的花圃，一到春天，真是百花齐放，争芳吐艳，映山红满脸胭脂，蝴蝶兰展起舞姿，散尾葵摇开绿扇，小石榴窃窃私语，还有那些形态各异的盆景，纷纷亮出美妙的身姿，吸引着人们的眼光。我们都惊奇于老汤夫妇的手艺，怎么一到他们手里，这些花呀树的就能如此茁壮成长呢？这块小小的场地，俨然成了我们院子里一道靓丽的风景线呢！

老汤刚来当门卫的时候，她的大儿媳妇还挺了个大肚子，不久，小孙子就呱呱落地了。从此，院门口陡增了许多欢快与热闹。小家伙风吹似的往上长，眼见得牙牙学语了，眨眼工夫又开始姗姗学步，脚蹬一双充气鞋，走一步便有一串彩灯闪一下，还会发出一声"嘀"的音符，这音符和他"格格"的笑声一起，简直就是一段怡人心肺的旋律。小嘴也非常的甜，跟着奶奶逢人就叫"大伯好"、"叔叔好"，那粉嘟嘟的小脸颊上，一笑就是俩小酒窝，特招人爱。老吴对小孙子就更是疼得不得了，他在自家的自行车上装了个小马达，车座前装了把小椅子，一有空便带上小家伙兜风去。每逢下班或是节假日，大伙儿进出院子，都要抱一抱、逗一逗小家伙，不时发出愉悦的笑声。想我们这些坐机关的，一天到晚都处在严肃有余活泼不足的状态之中，即使回到家中，要么死盯着个电视呆看，要么板着脸把仅有的一个小孩逼进房去啃书本，再不就是为老家的琐事、为来访的办事者忧愁，应有的快乐不知早跑哪儿去了，活着的滋味已是寡淡的。不料想就是这么极普通的一家子，却给这平庸烦杂的生活增添了如此多的乐趣，使我们既感受到了平常百姓家兴业安之美，又唤起了我们自个儿险些淡忘了的人情世故之心，真是难得之至。

后来我才知道，老吴也并不是光在这里无所事事的，他亦在外边找了个门卫工作，是一家美容美发店，他负责晚上值班，白天休息。他帮助我们这些人做的事，都是牺牲了自己的休息时间换来的。我知道后感动不已，原来他那干瘦的躯体里面，有着博大的胸怀，他虽拙于口头表达，心里却装着火一样的热情。他的形象在我的心里有如春之竹笋，拔着节地升高着。

我渐渐悟出了一些道理，人生在世，最缺的并非是金钱和物质享受，而是人品和精神愉悦。那些当大官赚大钱的固然令人钦羡，但真正令人敬佩的还是像老汤、老吴他们这样的芸芸众生。正是他们的乐于知足，才使我们的社会得以平衡，也正是他们的殷殷真情，才使我们的心灵得以抚慰。离开了他们，我们将一事无成，遗忘了他们，就意味着背叛。忠实的代表他们的根本利益，才是我们应有的价值取向。

又一个寒冬来临，老汤一家要搬走了。那天，我像往常一样匆匆上班，路经大门口时，忙乎着的老汤停下了手头的活计，叫住了我，说外地一家企业的老板要她去做管理工作，月薪一千多元。她说其实不是看钱去的，在这里当门卫虽然每月才二百元工资，但一是当时下岗没地方去了，你们接纳了我们，使我们有了归属感；二来你们这些干部都很好，都不会瞧不起我们，我还真舍不得呢。可既然有了工作，自己又不是干不动了，还是想去试试，老板讲了，我家老吴也可安排在厂里当门卫，一家子都搬去的。我连忙向她表示祝贺，说应该去的，这样也算是专业对口了，不过千万要保持联系，有啥事的还要来往啊。她点着头，眼眶渐渐湿了，眼泪也吧嗒吧嗒的掉下来了。她不好意思地用袖子抹了抹眼睛，笑着说真的舍不得你们，如今好人难遇啊！我不禁心里也一阵难受，口里只干干的劝她们多保重，一边依依地迈着脚步。走出好远了，我还是禁不

住回头望去，只见老汤和老吴还在忙着收拾家当，小家伙却仍一个劲的在地下玩着玩具汽车，脚上充气的小鞋子随着他的跑动，传来无节奏的"嘀嘀"声。

如今我们那院子里又换了门卫，是一位职工家属，年纪轻轻的，带了个小女孩，同样有个极好的性格，挺善良的，责任心也强，有时为了让他中午休息一下，做丈夫的还跑来顶班呢。我们呢？照样每天匆匆地从那个小花圃旁进进出出，照样奔波着自己的生计，只是不时想到老汤和她的一家子时，耳旁总会响起小家伙"格格"的笑声，还有那充气鞋子发出的"嘀嘀"声……

（2003年2月20日于南昌三纬书屋）

机关车队的师傅们

　　每个部门都有一个车队，车队的司机我们都尊称为师傅。他们在机关里是工勤人员，与干部相比要低一个层次，可在我的印象中，他们都是可亲可敬可爱的人。我有好多领导、同事、友人是值得一写的，但我不能一一写他们，唯有机关车队的师傅们，我决计用我的心来书写。

　　说车队师傅们可爱，是因为他们有着可爱的性格。他们很有自知之明，他们自认为在机关里地位低下，处于"第三世界"，是为那些干部们服务的。为了防止有人不尊重他们，随意指使他们，他们中很多人便采取了令人哭笑不得的举措。倘若机关处室那些耍派头的干部因公务要派车，他们就会以车有故障、没油了、或是自己身体不适等原因，坚决推脱。当然真的碰到有重要任务时，他们是不会含糊的。而倘若哪个干部自己有私事要他们帮忙时，他们则立即响应，不论刮风下雨，抑或酷暑严寒，哪怕真的身患小恙，都毫不推辞，爽快出车。或许这就是他们为人处世的风格？我由此联想，作为干部，特别是有点权力的干部，在任何地方、任何时候，都应该设身处地地替工勤人员着想，特别留意尊重他们，爱护他们；保护和调动他们的积极性。

　　我上任办公室主任的时候，恰巧我们车队的队长陈师傅到龄退休。陈师傅是山东人，南下当兵退伍后安置在南昌，后来又在南昌娶妻生子，遂安下了家。陈师傅看上去不像山东人，矮小的个头，慈善的面目。唯独一张粗黑的脸膛，和一口山东腔调能证明他的地地道道，不是"赝品"。陈师傅退休本是件平常事，可我却多了个心眼，我要借此为师傅们张扬一番，以体现他们崇高的地位，彰显他们的功劳与荣光。于是我安排了一个热烈简朴的仪式，为陈师傅披红戴花，鲜红的缎带上写着"光荣退休"四个金字，鼓掌放炮向他祝贺，还合影留念。接着组织办公室的全体人员，召开了一个茶话会，请大家畅谈感言。最后，我和两个副主任及几名干部用车把他送回家中。我说，你为别人开了一辈子的车，今儿个也好好享受一下"被服务"的感觉吧。陈师傅很感动，在为他戴花、座谈、送他回家的车上，几次热泪盈眶，一个劲地只知道说谢谢，脸上笑成了一朵盛开的菊花。

　　不巧，第二年初春，新上任的队长吴师傅的妻子不幸去世。走的那天是正月初二，定在初三一早火化，然后送到吴师傅的老家九江安葬。吴师傅夫妻在南昌无亲无故，办理后事只能靠他和儿子两人，真是冷冷凄凄，倍添悲伤。适逢大节，单位都放了假，也不好招呼大家，吴师傅表示决不增加领导的麻烦，一切后事都由他们父子处理。可我不能这么办啊，别人不出面可以，我作为办公室主任，怎能眼看着不管呢？

　　说来也怪，我当办公室主任没几年，部里就走了几个，有干部本人病故的，也有干部家属亲人离世的，可巧都是在节日，我记得的就有春节期间的、元宵节的、五一的、国庆节期间的。我岂敢懈怠？都是从头到尾料理操办，须臾不离现场，一一想到办到，尽力给其家人以更多的慰藉。

　　再说吴师傅吧。我一听到消息，就赶忙叫上赵斌——他是我的得力助手，几年中只要有急难之事，他总是毫不推辞，积极跟着我，冲在一线——我们两个于大年初三起了个黑早，约凌晨4点左右赶到嬴上殡仪馆。那鬼地方我们都不熟悉，进得大厅，冷冷戚戚的，只有一个值班人员没精打采的坐在一张桌子后边，紧靠着一个电取暖器烤火。赵斌说他去办理手续，我问了遗体化妆间的位置，便一个人先往里走去。出了大厅侧门，沿天井走廊绕过去，又是一个后厅。那时正是黎明之前，天还是漆黑漆黑的，后厅边上有一间小房子，里面挂了一个灯泡，昏黄昏黄的，照见一张上下床，床上一床花被，零乱地摊开着，大概是值班室的样子。我瞄了一眼，顺道往前走去。后厅很大，几支日光灯高高地挂在房梁上，洒下一片惨淡的微光。我睁大眼睛，朝下一看，不觉打了个冷战，浑身起了一层鸡皮疙瘩。只见厅内整整齐齐，一溜摆了五六排尸体，足有几百具。原来这是一间停尸房！尸体全用白布盖着，厅的上方有几个电风扇，微风拂下，不时将一具尸体的布角掀开，令人毛骨悚然。我正麻起胆子往前紧走，突然身后传来一阵急促的脚步声，吓得我差点喊出声来。我转头一看，原来是赵斌。他办完手续，见我一个人往里走了，他不放心，就紧跟了进来。我们提着心屏住气，仿佛走了一年，才走出后厅，赶到吴师傅妻子的化妆间。此时妆已化好，我们一起帮着抬上手推车，送往火葬场，直忙到早晨9点多钟，才一切就绪。吴师傅开着车，他儿子捧着妈妈的骨灰盒，徐徐驶离殡仪馆。我和赵斌站在寒风里，目送着他们远去，心里真的别有一番滋味。

我和车队的师傅们关系很好，他们对我都很尊重，平时互相间很亲切很融洽。这当然主要是他们身上有着优秀的工农本质。对于工农群众来说，与干部相处，他们处于弱势，关键看干部对他们怎么样，官敬民一寸，民敬官一丈。那些发生官民矛盾的，除去极个别情况，绝大多数都要从干部身上找原因。我的脾气不好，工作中经常显得急躁。对此，师傅们都很宽怀大量，不会计较。比如有一次，张师傅因一件事找到我，发了点牢骚。我当时就没有忍住，对他大发雷霆，搞得不欢而散。事后我心里很内疚，又不好向他赔礼道歉，就一直压在心里。后来我出差到了他的家乡，公事办完后，我提出要去看看他的老母亲。这一来是想借此表达一下对张师傅的歉意，二来也是我的一个惯例。我当办公室主任时有一个习惯，不论走到哪里，只要时间允许，都要去部里同志的家里看望一下其父母，代表部领导做些慰问，表达一下心意。那天办完事情已是晚上10点多钟了，张师傅的母亲80多岁高龄，夜里打坐不久，已经上床睡觉了。我径直来到老人家的床边，坐在床沿与她拉了一阵家常。老人家身子骨硬朗，说话中气很足，几次要披衣起床，招呼家人给我端茶倒水。我不便久坐，简单聊了几句就匆匆离开了。张师傅是个大孝子，平时虽然脾气刚烈，为人耿直，但对老母亲却十分孝敬。他弟弟把我去看望他母亲的消息告诉了他，他很感动，在心里就增添了对我的敬意。那年腊月，我按惯例请师傅们吃餐团年饭，感谢他们一年来的辛苦服务。那天下午，我早早地就在餐厅里等候，没想到第一个到达的就是张师傅。他说他是有意早些到的，要当面谢谢我去看望他母亲，同时也要为自己的不妥之处向我检讨。

说着话，眼里还溢出了晶莹的泪花。喝酒时，他还特意为此敬了我三杯。

因工作调动，眨眼我离开省委机关已有8年多了。往事如碑，有很多人和事是难以忘却的，时间越久，记忆犹新。这几年里，机关车队的师傅们有的已经退休，有的到了别的岗位，更多的还是在为领导和机关服务。我总是借口工作忙，从没去看望过他们，而他们中却有不少来看望了我。就是参加会议在外相遇，他们也总是如久别的亲人，热情招呼，兴奋有加。想来我真是欠礼欠情，不好意思。我们虽说蒙组织重用，当了个官僚，有了点权力，但与这些普通的司机相比，我们真是渺小极了，我们有什么理由不尊重他们、不全心全意为他们做些实事呢？

夜已深沉，星月如辉。我望着窗外，心里涌起一阵莫名的惆怅。

（2014年1月6日作于南昌孤云阁）

驻足清华园

　　站在清华园的大门口，我陷入了沉思。

　　这是一个古老而雄壮的牌坊，虽经100多年的风侵
雨蚀，却仍以清纯秀丽的风姿挺立着，宽容慈祥地俯
瞰着一代又一代的学子从她的身边进出。正对着牌坊
的是一个齐胸的日晷，白色大理石打就，刻度的圆盘
和直指苍穹的晷针，不厌其烦地提醒着人们要珍惜光
阴，日晷下老校长那句"行胜于言"的忠告，更是给
人以深沉的鞭策和警醒。

　　我跨进校门，环视这个古老而温馨的学府，脑
海里却总是显现着一个人的影子，我似乎看见他背了
书包，在院内的荷塘边匆匆而过，又似乎看见他正坐
在那栋斜顶红墙的图书馆里，在埋头翻阅着大部头资
料。我忽然对这个院子肃然起敬起来。

　　其实我并没有见过这个人，可我却与他有着特殊

的缘分。

　　他就是吴成生，一个平凡的清华学子，一个不凡的政府官员。

　　我接到宣传吴成生的任务，是在1997年春天，其时我刚从部队转业到省委组织部工作。一天，我接到一张《井冈山报》，整版刊登了一篇吉安地区副专员吴成生的报道，报头上写有当时的省委书记吴官正的话，大意是说事迹很感人，请组织部牵头了解一下，看能不能做个典型宣传。当时的刘德旺部长接着也写了一句话，要法元同志负责办这件事。我于是要求省委宣传部和《江西日报》各派一人，组成一个调查组，由我带队，立刻奔吉安而去。

老实说，对于宣传典型，我是非常谨慎的，尤其是领导干部。就怕说了假话虚话招致老百姓的嘲骂。而这次，随着我们采访的逐步深入，我对吴成生的敬佩感不断增强，对宣传这个典型的底气不断地充足起来。

首先打动我的是他的那个硬梆脾气。

吴成生有个得天独厚的条件：他与当时党和国家的最高领导人江泽民是老同事。上世纪六十年代末，二人同在武汉热工研究所工作，江是所长，吴是所里的一个支部书记。俩人关系很好，过从甚密。那时吴成生的爱人也在武汉工作，母亲帮他们烧饭看孩子，也算是安了个家。而江泽民的家远在上海，自己在武汉是个单身汉。所以一到周末，只要有空，他就会跑到吴家，俩人下棋聊天，一呆就是半天一天。江对吴母做的一手菜很是欣赏，尤其是鄱阳湖的小鱼干，常常吃得津津有味。据说江泽民当上总书记后，一次吴母在余干老家看电视，看到了他，还感叹地指着对身边的家人说，这不是小民吗？多年不见，他比以前老了啊！把家人吓了一跳，都说您别小民小民的叫啊，他现在是总书记啦。搞得老人家还真的不知所措了。

到了70年代初，热工所解散，吴自己要求到革命老区工作，分配在吉安（那时是地区）经贸委。江则被抽调到七机部（机械工业部），率领一个外援组，赴罗马尼亚执行援建任务。当时热工所的人分散在全国各地，都有失落之感，吴还就此给江写了一封信，恰巧江从国外回来办事，匆忙间写了回信。这封信我在采访时看到了，很令人感动。信中说我们搞业务的还是要发挥特长，把自己的事情做好，有困难先克服。我不也还是两地分居，而且工作还没有着落吗？他说他的户口还没落下，还要等正式分配了工作再定。在信中他还劝说吴不要把外语丢掉了，从国家的发展前景看，将来肯定用得上。须知这是写自1970年的观点啊！

这封信使我想起了吴成生的一句名言："不能爱一个地方才到一个地方，而要到一个地方就爱一个地方。"

这封信吴成生有没有回我不知道，但在此后的10多年时间里，吴却一直没有与江联系过。90年代初，时任中央总书记的江泽民到江西视察，在吉安停留时问到有一个人叫吴成生，不知还在不在这里？省里陪同的领导忙叫查找，才知吴在经贸委任主任。那天是星期天，他正在伏案撰写一份调研材料，听说江来了，自然高兴异常，可他手中的材料还差一点没写完，他偏要煞了尾再走。他也不想一想，人家总书记的行程是安排得非常紧凑的，能等他写完材料么？就这样紧赶慢赶，吴成生赶完那篇材料，丢下笔，赶忙骑了一辆破自行车直奔宾馆而去。跑到宾馆时，人家说江已到一家工厂去了。他情急中放下自行车，拦了一辆货车赶去。在厂门口又被警卫拦住。警卫看他灰头土脸的样子，以为是上访的呢，硬不让进，差点吵了起来。

江、吴二人相见，感慨良多。总书记日程已定，没时间坐下来谈话，他们就边走边谈，所有陪同的领导包括中央的、省里的大人物，都跟在后面。

我不敢妄言，但自那次以后不久，吴成生就提升为副专员了。如若不是这次巧遇，凭他那不跑不求的性子，他能不能提拔还难说。

在后来的采访中，我果然发现吴成生的确是个不会拉关系走门子的人。当时的江西省委书记吴官正，与他是同乡，又是清华同学，可在吴官正任省领导的好几年里，吴成生从来没去找过。

直到吴成生病危时，他妻子才向书记打了个告急的电话。吴书记去看望，站在吴成生的病床边，感慨万端，可这时吴成生已经深度昏迷，叫都听不到了。吴成生与时任国家体委主任伍绍祖也是老同学，在清华睡的还是上下铺。一次地区要建设体育场馆，派吴到中央向伍绍祖汇报，想争取资金支持。到了北京，驻京办的人问他带了什么礼品没有，他说没有。一想也是，多年没见，就是走亲戚也不能空手啊。他根据随员的建议，买了两斤茶叶带去。伍绍祖见了，说老同学客气啥啊。他竟直说就两斤茶叶，还是在北京买的。随从都说他真是个书生，不会送礼连话都不会说。

　　一个对上不阿谀奉承、不巴结谋私的人，对下自然也是一条铁铮铮的硬汉子。想到他那里套近乎搞贿赂的是针插不进水泼不入。他自己对自己更是苛刻至极，以致外出吃住都被人认为"有损职务形象"。比如到了90年代中期，他出差住宿还坚持只住18元以下的房间，被部下笑称为"18级干部"；在外面跑资金谈项目，需要请人吃饭，从不超过300元一餐，等等。我就想，这样的领导干部，国家社会是多么需要，又是多么缺乏啊！于是我立即向省委写报告，建议作为重大典型展开宣传。

　　那一年，宣传吴成生就成了我的一项主要工作，一连几个月，我组织起草省委《关于向吴成生同志学习的决定》，撰写长篇通讯和报纸社论，部署全省各地的学习宣传活动，率领吴成生事迹报告团赴全省各地巡回演讲等等，忙得不亦乐乎。在此基础上，又组织汇报组向中央组织部、宣传部汇报，根据中央的要求，还协调人民日报社、光明日报社、中央电视台等十几家主要媒体进行采访，紧接着又率队上京，分别到中央组织部、中央党校、清华大学、国防大学等地作了5场报告。整个宣传活动收到了非常好的效果，上上下下反响都很热烈，人们纷纷用评论、体会、诗歌、戏曲等形式，表达对吴成生的敬仰之情。可以说在一段时期，在全国特别是干部队伍中，确实掀起了学习吴成生的热潮。只是有一件事至今我不解其故，当我们报告团进京的时候，得知江泽民同志要接见，可后来又取消了。也许是领导工作太忙排不过来吧。直到翌年春天召开全国"两会"，江才接见了作为全国人大代表的吴的夫人张惠衡，听到这个消息，我的心里才稍得安慰。

　　宣传吴成生的过程，其实也是我自己受教育的过程。特别是吴成生的夫人张惠衡，我从他身上深深地感受到了人格的魅力。在组织报告团时，我们选择了四位同志为报告团成员，张就是其中一个。他们的演讲是不容易准备的，必须认真选择好材料，挖掘出真实感人的事迹，还要有足够的表达功夫，才能讲得生动。报告团的三份材料，我都费尽了心机，唯有张惠衡讲的那一份，基本上是她自己写成的。看得出，她是用心在写，用血和泪在写。巡回报告时，每次上台演讲，他也是用心、用血和泪在讲，台下听众每次都会被深深感染，几乎场场都是哭泣声响遍全场。每次见她那撕心裂肺的倾诉，我真有沉重的负罪感，就好像是我在一次次地撕开她心上的伤口，刚刚愈合一点又被撕开，鲜血直流。我的心也在为她生痛啊！她这样天天处在伤心之中，加上又天天坐车奔波，我真的怕她坚持不住，怕把她又弄病了，于是叫工作人员买了两盒人参，每天为她泡上一杯参汤补补身子。谁知第二天晚上，她又送回一包给我。她不知从哪里听说我的母亲刚刚病逝，说看我每天拖着疲惫的身子在忙前忙后，脸色很难看，更应该补些营养。真是同病相怜啊。我那时真的也是心力交瘁，那一年我自己家也是多灾多难，先是岳父病故，后来母亲又一病不起，我因宣传典型事情太多，一直没有回去照料。母亲病故才三天，我又被一个电话催回，急急忙忙带报告团出发了。这些苦衷又能向谁去说呢？可细心的张惠衡还是知道了。看到她憔悴的面孔，我止不住双泪横流，像又见到了我的老娘。我想这辈子我太不孝，欠我娘的债太多，如今又负上了另一位母亲的债，要她付出的也太多啊！

打那以后，我和张惠衡一家便成了亲戚，只要有时间，我总会去看她，实在隔得太久，就请当地的朋友代我去。她的年纪大了，身体也不好，有一年还被摩托车撞了一下，不能出来走动，就叫小孩代她来看我，每年都有一两次。我至今十分珍惜这份友情。我虽然没见过吴成生，但我与他神交已久，我从他夫人的身上看到了他的光辉形象，我敢说我是真心向他学习的人，我虽无功于国，但一定要无愧于民，我正在这样实践着。

在清华园的大门前，我照了张很严肃的照片，我会经常翻出来看看。那上面的景色固然很美，但我最看重的，还是那四个闪闪发光的大字：行重于言！

（2008年11月8日
作于南昌三纬书屋）

热风吹雨洒江天

—— 吴成生事迹报告团进京报告侧记

　　11月的北京，已是"初逢不出手"的季节。由江西省委组织的吴成生事迹报告团应邀来到这里，向首都人民汇报吴成生同志勤政为民、无私奉献的事迹。此时的京城虽然寒意浸肤，呵气成雾，然而在中央组织部机关，在中央党校，在国防大学，在清华园里，却到处荡漾着暖人的清风，奔涌着激奋的热情。人们在传颂着吴成生事迹，在探讨着吴成生精神。吴成生的名字正随着那一场场感人肺腑、催人泪下的报告会，走进党政军民学每一个人的心灵。

放下你的书本
——报告会的现场效应

11月13日下午，吴成生事迹报告会在清华大学举行。大学生们来得很早，离开会还有十多分钟，阶梯形会场的位子上就已是座无虚席。我们在这里发现了一个奇特的现象：大多数学生的手中都拿着一本课本。一位同学说，这是他们的习惯，如果会议内容"不带劲"，他们就埋头搞自己的"副业"。然而当报告会开始后，我们又发现了一个奇特的现象：随着台上的讲述，大学生们的书本放下了，神情专注了，泪水越来越多地在眼眶里充溢、流下。当吴成生的妻子张惠衡走下讲台时，雷鸣般的掌声经久不息，足足延续了分把钟。

人说眼睛是心灵的窗户，那么眼泪不就是心迹的自然流露么？报告团在京报告四场，听众五千余人，这种流露无处不有，无处不真。在中央组织部，张全景部长几次摘下眼镜，擦着泪花。在清华大学，党委书记贺美英会后提起，还热泪盈眶。在国防大学，一位老将军用手顶住发酸的鼻子，泪珠还是挂落下来。在中央党校，竟有人发出了轻轻的啜泣声……

相似的场景，共同的心声，表达着一个不朽的主题：为人民无私奉献的人，能得到人民的怀念。在中央党校的学员座谈会上，江苏省副省长金中青以满腔的热情慨然赋诗道："成生成就伟人生，铁骨丹心照汗青，成志成仁成大业，成生不死死成生。"

滚烫的心意

——吴成生妻子的特殊礼遇

张惠衡是报告团的一个特殊成员。早在组织报告团的时候，我们对是否请她参加就犹豫再三。作为与吴成生相濡以沫三十年的妻子，她还沉浸在失夫的痛苦之中，此时要她登台讲述吴成生的历历往事，近乎残酷。然而张惠衡挺身而出了，这位有着二十多年党龄的共产党员，把对丈夫的哀悼化成了传播、宣讲吴成生事迹的力量。她的报告是那样的情真意切，直把吴成生高尚的人品、"官德"展现得淋漓尽致。感染了无数的青年、老人。人们见到她，就像见到了吴成生，纷纷把对吴成生的爱戴、钦佩之情，转移到了她的身上。

在国防大学，有这么个小插曲。今年10月，学校政委王茂润中将率队前往井冈山实地教学时，听地委领导介绍了吴成生的事迹，他特地登门看望了张惠衡。将军问她有没有去过北京，她说没去过啊，老吴生前多次许诺要带她和孩子去看看首都，都因工作太忙没有实现。虽然老吴不知去过多少次，但他认为那是出差，不能借工作之机带她们去。听到这里，将军沉默了，当即表示：成生未践之诺，他来完成，特意请张惠衡带孩子去，一切费用他们全包了。当报告团来到首都的第二天，王政委就闻讯赶到报告团驻地，要求报告团一定要去国防大学作报告。11月15日，报告团应邀来到国防大学，校领导刑世忠、王茂润等九位将军全出来了，与张惠衡同志俨然是久别重逢的亲人。

是的，这是特别的亲情，是党和人民对一位好党员、好公仆的款款深情。当张惠衡走进中央组织部大楼时，张全景部长已等候多时了，报告会结束后，张部长与张惠衡进行了亲切的交谈。记者已在办公室里为他们拍摄了合影，但张部长说屋里光线不好，执意要到外边再拍一张。送行时，他一再叮嘱张惠衡说："老吴不在了，你要坚强地生活、工作，有困难一定要告诉我，你的困难就是我们的困难。"那天张惠衡心脏不太好，中组部医务室的医生们为她细心地检查，开了所需药品。张惠衡要付钱，医生们说，吴成生同志为人民付出了那么多，给你开点药还要什么钱？组织部是党员、干部之家，你来到家里看病还要付钱吗？这滚烫的话语，这深切的情意，留在了张惠衡的心中，也告慰了英灵。

差 距
——领导者与大学生的咏叹

中央党校育园楼。

这是一幢群英聚会的小楼，或许是设计师用心良苦，远远看去，它的外形颇像一个摇篮，掩映在青松翠柳之中。11月12日下午，二十多位来自全国各地参加培训的省、部级和地厅级领导干部们正在这里畅谈学习吴成生的体会，探寻吴成生成长进步的轨迹。

主持会议的同志原打算组织有代表性的发言，谁料二十多位与会同志争先恐后，一个不漏地打开了心扉，谈得最多、最集中的是两个字：差距。

差距本是客观存在，没有差距，人们就会失去前进的动力。差距又是远方的标杆，看不到差距，不愿缩小乃至消除差距，就会裹足不前，最终被历史所抛弃。这些省、地级领导干部中，有不少是自我感觉良好的，然而面对吴成生的所作所为，他们犹如获得了一面宝镜、一把戒尺，照一照、量一量自己，差距是那样凸显在面前。来自吴成生故乡的江西九江市副市长程水凤深有感触地说，我在江西工作三十二年，以前总认为问心无愧，对得起党和人民，但与吴成生扎根老区无私奉献的精神一比，就觉得惭愧得很，吴成生就像一团火焰，给了我奋进的力量。湖南郴州市委副书记周政坤则从思想境界上，从对事业的追求和对人民的感情上，从实干精神上，归纳了与吴成生的三大差距，并向领导干部们大声疾呼：每个人都应扪心自问，究竟为人民做了什么好事？能不能运用手中权力为人民做更多的好事？

无独有偶，在清华大学组织的座谈中，大学生们所表露的思想，也集中在"差距"两个字上，他们的差距则主要是在"信"与"不信"之间。几位人文学院的学生谈到，以前看的、听的大都是些在市场经济大潮中的负面形象，对正面的典型总觉得与自己距离太远，将信将疑。这次面对老一辈的清华学子，面对吴成生的先进事迹，引发了同学们的思考：这样的干部其实还有许多，只不过是我们见得少、听得少，以至一叶障目，不见泰山。他们希望多宣传这样的好典型，多弘扬正能量，这样，群众就会正确区分干部队伍的主流和支流，更加坚定对党的信念。是啊，透过这些莘莘学子的肺腑之言，不是又反映了另一种存在的差距吗？

历史应该相信眼泪
——吴成生留给人们的思考

严力是来自江西的中央党校培训班学员，这位江西日报的副总编。在座谈中，他说，听了报告后，有一件事对他启发最大，那就是当吴成生得知自己患了绝症时，流下了唯一的一次眼泪，那是他痛惜自己不能为党和人民工作，不能做出更大的奉献。由此联想到另两种人的眼泪：一种是怨恨的眼泪，有的人付出不多，却总想到索取，一旦职务上不去、待遇不理想时，便怨天尤人，甚至伤心落泪；还有一种是悔恨的眼泪，有的人一朝权在手，便把私利图；而当党纪国法制裁到头上时，才知误入迷途，悔之晚矣。相比之下，吴成生的眼泪是多么高尚，多么宝贵，而那些流怨恨泪、悔恨泪者又是何等卑鄙，何等惭愧！

是的，"男儿有泪不轻弹，只因未到伤心处"。历史应该相信眼泪，历史也将如实记录下每个人的人生轨迹。

清华园内，有座一米来高的大理石雕塑，上面镌刻着四个大字："行胜于言"。这是刻于1920年的一条清华校训，意思是告诫人们要珍惜光阴，重报国之行。王大中校长说，吴成生是清华学子的杰出代表，他忠实地履行了这条校训，模范地实践了清华精神。应该说，"行胜于言"既是吴成生精神的突出体现，更是在建设有中国特色社会主义事业中，每个人尤其是各级领导干部应具备的品格。有鉴于此，中央党校副校长杨春贵提出了学习吴成生的三个必须：必须言行一致，必须从点滴做起，必须择善而从。所有这些，不正是我们宣传吴成生的要义之所么？

吴成生走了，可他留给人们的，不仅是他的精神，是他那值得赞颂的业绩，更是许多鞭策人、启迪人的思考。这思考，通过吴成生事迹报告，留在了京城，也留在了华夏儿女的心中。

（1997年10月于北京万寿园）

郑渊洁印象

初见渊洁时，最先映入我眼帘的是那个光头。那光头真好，那么圆，那么洁净，没有任何疤痕；又是那么亮，简直灿烂夺目。我忽然想到了灯泡，耀眼的灯泡。灯泡下面，便有无数的孩童，在充满奇幻的森林里，兴致盎然地戏耍着。一转眼，那些孩童们又变成了各种动物，有皮皮鲁，鲁西西，还有舒克、贝塔……

"哈哈，真是幸会！"我打着哈哈，向着灯泡拥了过去。

十多年前，我在国防大学就读，有一天起了个黑早，赶到王府井新华书店为我女儿抢购了一套《郑渊洁童话全集》，只可惜差半天没赶到郑渊洁签名，尽管如此，小女还是喜出望外，爱不释手，至今仍珍藏在她的书橱里。我笑着把这个情节讲给渊洁听后，他也乐了，说你把书拿来我补签一个不就得了？

我真佩服他独到的思维——一语破的，万事大吉。这便是童话大王的思维方式么？

　　渊洁说是的，这得益于他的母亲。在他小的时候，母亲反复告诫他一句话：人多的地方不要去。母亲还反复跟他讲过一个自编的童话故事，说一群动物来到河边，河里涨了大水，只有一宽一窄两座桥能过，那些老虎、狮子、野猪、麂、鹿什么的，全拥到宽的桥上，只有小羊一个颤巍巍地踏上了独木桥。结果宽桥被太重的负荷压垮了，动物们全都落水而死，而小羊则谨小慎微地慢慢地过了河。母亲用这个故事启发他，凡事不要跟着别人尾巴跑，要敢于走自己的路。

　　于是，这个故事，这句话，便确定了渊洁一生的基调。上小学时，老师布置了一篇题为《长大我要做什么？》的作文，其他同学都表达了当科学家、将军、学者之类的远大理想，他却偏偏写了要当一个淘粪工人的抱负，当场引来了同学们的一阵哄笑。谁知道这一"奇想"获得了奇效，他的作文登上了校刊，成了极少能入选的优秀作文，语文老师给了他一个作业本一支铅笔的最高奖赏。后来，他又把这一基调丝毫不差地传给了儿子亚旗。亚旗小的时候，渊洁总想着如何才能培养儿子男子汉的浩然气派，于是他想到了离家不远的铁道，他要带儿子去看火车，因为火车在行驶中，犹如泰山压顶，轰然而来，其气势可谓大矣。多让小孩感受火车的大气，必有成效。可是看了几次后，他发现问题了，心想火车气派固然很大，但却总是在铺好的两根轨道上来回，这没啥意思。人哪，与其轰轰烈烈走老路，不如小心翼翼闯新路！从此他又把对火车的这一悖论传授给了儿子，教他要敢于颠覆既定的轨道，探索自己的人生之路。也许正是这一"遗传基因"，导致郑亚旗18岁那年，带了父亲给的一辆车和一打安全套，出门闯世界，一出来便成了个百万富翁罢！当然渊洁自己就更不用说了，他的童话，大都是反其道而行的动物形象，比如老鼠、狼之类的

"反面形象"，在他笔下都是十分可爱的，而猫、狗之类都变成了"坏人"。讲到这些，他还深有感触，小时候，他因一篇《早起的虫子被鸟吃》触怒了老师，被学校开除，自此便跟着父母流浪乡间。那时满世界都是批斗，地富反坏右成了"五类分子"，人人喊打。童话中也把动物分为好、中、坏三等。他就想到了爷爷，爷爷因行医赚了钱买了田土，雇了长工，解放后被划成富农。在他脑海里，富农爷爷怎么也不像个坏人呀！他万思不解，一倔之下，便要来个倒行逆施，甚至与人合谋，创办了《大灰狼》画刊，使大灰狼形象变得可爱起来，却也一举成功，成了"双效"俱佳的期刊。20多年来，他从为别人的期刊写童话连载，到独自创办

《童话大王》期刊，20多年的行路中，那么多可爱的形象从他脑子里蹦出，愉悦和启迪着一代一代成千上万的孩子，不都得益于他那特立独行的伟大思维么！

渊洁坐在讲台上侃侃而谈的时候，我便注意起他来，发现"灯泡"下的那张脸是那么可爱。真的，胖乎乎的脸庞，细眯眯的眼睛，一副慈眉善目的神态。说话有些结巴，而且总是半低着头，眼皮盯着麦克风的多。那天会议厅里暖气不足，他不时用手裹紧深灰色的棉衣，整个看去就像是个大孩童。讲课也是口无遮拦，像小朋友在一块聊天。他说他小学没读完，14岁就"走后门"来到南昌当兵，为躲避部队训练学习，设法装病住了半年院，在医院还偷偷地与一位女护士谈情说爱。"现在还想见见她呢！"说到这里，他抬起眼皮，眼光里露出一丝流盼。更有趣的是说到16岁那年他要入团，写了申请书后，指导员找他谈话，要他讲真实想法。其时他正处于刚发育成熟的青春期，对"性"字还是迷迷瞪瞪的，只是喜欢漂亮的异性，幻想可能与女的一起洗澡就是最愉快的事。于是他脱口说道，我现在的真实想法就是想李铁梅。李铁梅是现代京剧《红灯记》里的女英雄形象，在那个年代，不像如今偶像多得眼花缭乱，男男女女都是灰一色的，全国人民都只崇拜几个样板戏里的女英雄。指导员以为他是想学习铁梅的英雄行为，便又问，你想铁梅什么？"想和铁梅一起洗澡！"一句话，说得指导员目瞪口呆，心想你小子也忒邪了些吧？当晚便在大会上批他个狗血淋头，完了后再问他想什么？不料他的倔劲儿上来了，偏答了个"想吴琼花"！吴琼花是《红色娘子军》里的女主角，也是当时数得着的全国偶像之一。渊洁说到这些时，还是那个小孩斗气的神情。我悟出了一些道理，写童话者，若无童心，便告终结。其实人生一世谁又不是如此呢？若没有了童心的真和纯，那活着该有多累啊！试看芸芸众生，有多少人不是这样累老、累死的？所以渊结说过，不要以成年心写童话，世上只有人骂"老糊涂"的，却没有人骂过谁"小糊涂"的。他说读书时常常考试只有70分左右，皆因一接到试卷，见什么都会想象，凝神想一通，考试时间也就耽误了。后来他失了学，随父母蹲"牛棚"，是父亲教他读马列著作长大的，他竟把马列著作也想象成了童话，他说《共产党宣言》的第一句就是童话："一个幽灵在欧洲大地回荡"，"幽灵"是什么？可任人想象啊！真有他的。写到这里，我不禁要代表所有的孩子们，祝愿他童心不老，才思不竭，佳作不断！

与渊洁在一起是愉快的，因为他总是用写童话的思维与人交谈，教人抛弃烦恼，回归童真，其乐无穷。而在与他的交谈之中，我又分明感受到了他思想深处的东西，这就是自信心和执著的追求。他说他起初写童话碰了不少壁，甚至有编辑嘲讽他"懂得什么叫童话么？"开一列书单要他读。而他却不气馁，顽强地写下去，终于遇到了三个好人，一个是时任《山西青年》的编辑杨宗，是渊洁父母顶寒风踏自行车帮他推荐稿子时发现"新大陆"的第一伯乐，杨宗又把渊洁的稿子推荐给中国少儿出版社的尤晨，尤晨也对渊洁作品大加赞赏，又把稿子转给了当时主编《儿童文学》的刘亭华。刘看了稿子后说了一句话："小伙子活儿不错呀"，就教他修改后，刊上了杂志，此后连续发了3篇，竟3篇全部获奖。自此渊洁便知道了自己的写作潜力，用一句写烂了的话，叫"一发而不可收拾"了。当然他一直把这3个人当作恩师，深谢不忘，他说过，没有这3个人，就没有后来的皮皮鲁与鲁西西。1995年，他把保存了15年的三本《儿童文学》送给3位老编辑，还在北京一家高档酒店里请了一次客，给每人发了5000元"奖金"。后来尤晨在美国病逝，他还执意为她在北京买了一块墓地，尤的丈夫请他写个碑文，他深情地写下了8个字：古道热肠，伯乐风范！

　　别看渊洁在外边谈笑风生，轻松自如，一进入写作状态就是艰苦非常的境地了。1980年代他同时为16家杂志写作品的日子里，常常是几位编辑排队等稿子，他也常常是彻夜不眠，以至几次张冠李戴发错了稿。后来他与学院出版社签约出书，约定20年不得将他的作品送出去评奖，不能搞媒体活动，因为一获奖就影响创作，他是几十年埋头书斋而不辍的。他坚信，20年后可封王！

　　20年过去了，郑渊洁的大名也早已植根于少年儿童心中，成了大家最好的朋友，郑渊洁的作品也成了大家最喜爱的书籍，可以说，渊洁现在已经被亿万少年儿童封王了，他的理想，他的志向实现了！最近渊洁又与21世纪出版社签约出版了《皮皮鲁总动员》系列丛书，接着还有《鲁西西总动员》、《舒克·贝塔总动员》等等等等。据说他又与长影签约，合作打造皮皮鲁影视城，要把众多动物形象搬上银屏，开发涉及各方面的皮皮鲁产品，不断延长产业链，立志要赶超迪斯尼，建起有中国自己特色的、广受少年儿童喜爱的皮皮鲁乐园！我坚信他能成功。我也与全国人民一道，期待并支持他的成功！

　　与渊洁分手时，正是南方的冬季，冷气侵肌。我目送着他那圆而亮的"灯泡"在寒风中远去，猛地忆起他曾说过的一句话："人生其实没有毕业证，要说有，只有一张，那就是死亡通知书"！我咀嚼着这句话，不觉打了个寒战，赶紧捂紧大衣，袖了双手，掉头踏上了坚实的水泥小路。

（2006年2月11日于南昌）

纠结的畸情

　　初见蒋孝严先生时，我心里百感交集。也许因为他母亲章亚若是江西人，我们是半个老乡的缘故，抑或是因为他太不寻常的人生使我倍受感动？我对他充满了叹息，又充满了敬意。蒋先生其时已年逾古稀，但仍不失蒋氏特有的风度。他中等个头，腰身挺拔，脸放红光，炯炯有神的双眸里，闪烁着慈善祥和的光芒。见我们来自江西，他显得特别亲切，一开口就用了一句地道的南昌话："我也是个老表，我会哇南昌事咯！"立马消除了相互间的距离，活跃了现场的气氛。此后的交谈中，他以他的真诚、实在、重情，深深地打动了我们一行的心。我注视着他那早已升顶的额头，倾听着他的侃侃而谈，脑子里满是如光似电的沧桑——

　　我想起了那一对在战乱年代甫一降生就没了亲娘的襁褓孤儿；想起了跟着外婆在南昌城外靠拾煤渣艰难度

日的两个苦难少年；想起了一次次见到生父却不敢相认的痛苦心情；想起了年过花甲的老人在赣州蒋经国故居写下"怀古思今望远"的题词，并第一次署上"蒋孝严"之名，宣告已经由章姓改为蒋姓，正式认祖归宗的场景……这一个个人生的脚印里，装着的是什么？虽然蒋先生最终遂了心愿，归入了正统，但他心中的伤痕又如何能够抚平呢？

想到这里，我不禁对乃父经国先生产生了一缕怨恨，一番责难。

毫无疑问，经国先生是一位世纪风云人物。无论是青年时期在异国他乡追寻真理，还是以坚忍不拔的意志面对磨难；也无论是在赣南首推新生活运动，试图推陈出新，开社会风气之先，还是挺身而出打老虎，试图力挽狂澜，扶大厦之危难；更无论是在孤岛上痛定思痛，参与、主持改革新政，还是以最后一搏的惊天胆识，开民主政治之先河，终在台湾地区独树一帜，完满实现社会转型，给台湾人民以自由幸福的生活。他的所有壮举伟业，都将为历史铭记，为人们敬仰。然而就是在情感上与章亚若的相爱，不能不说是一件极大的憾事，叫人扼腕。他的那段凄美爱情，就像一把冲天烈火，活活烧死了自己的至爱之人，重重灼伤了两个无辜孩儿的心灵。

上世纪30年代中期，蒋经国来到了江西赣州，其时，他正值壮年，英姿勃发，风流倜傥。他立志要在风雨飘摇的故国家园树一杆旗帜，吹一股新风，于是，他建立三青团，组织青年积极投身抗日救国斗争；发起开展新生活运动，发动群众学文化，讲文明，树新风。他还仿照《朱子家训》，撰写了《新赣南家训》，倡导"东方发白，大家起床，……"使整个赣州习俗文雅，风化一新。至今赣州人尚忆当年蒋专员，仍存文明好习惯。就在经国先生风风火火大展宏图的时候，一位年轻漂亮的姑娘与他相爱了，她就是章亚若。在赣南青年培训班里，章为蒋的帅气才气所折服，蒋也对出水芙蓉般的章一见倾心，二人干柴烈火，一点就着，于是结下了一段注定是悲剧的情缘。

我曾在赣州城中那栋小别墅里驻足，看到墙上章亚若那帧珍贵的照片时，心里满是惆怅。照片上的姑娘还是一朵刚绽开的花朵，是那么纯洁、秀美，还充溢着幸福的笑容。可见那时的她、她的爱情，是多么单纯，多么义无反顾，也许她丝毫不觉得或根本没考虑背后有一个巨大的阴影正在向她压来，她的幸福是那么短暂，就像是昙花一现，转瞬即灭。她用她生命的惊天一焰，给爱情涂上了血红的色彩。

记得有首歌唱道："问世间情为何物？"是啊，情为何物？要我说，情就是罂粟，用得好能医疾患，用得不好就是毒品。情又是一把双刃剑，在削铁如泥的痛快淋漓中，总会有断臂剜心的伤害。情还是一扇巨大的闸门，该开启时开启，流出的就是灌溉之水，使久旱之苗如饮甘露，不该开时打开了，奔涌而出的就是洪水，使生灵受害，泛滥成灾。想普天之下，多少有情之人终成眷属，又有多少情种被碾碎，多少爱情之火被扑灭呢？经国先生在天有灵，不知对他的这段情和这个遗憾作何感想？

蒋孝严先生也是个了不起的人。且不说他的人品魅力，也不说他的从政轨迹，单从认祖归宗这一点上，就足以显现出他的正直和勇气。别小看了这一"认"，不仅为自己的出身正了名归了位，也了却了生身父母的心愿，可慰在天之灵，还给子孙后代一个应有的交代，

斩断了后人痛苦之根啊！

　　那天，当我告别蒋先生，离开国民党总部之后，心里总不能平静，总想以一种方式表达一下此时的心情。思谋良久，便草占一律，上问逝翁，下慰后人。诗曰：

> 昔日豫章一弱童，
> 今朝台北白头翁。
> 伤怀少慈天折早，
> 感叹幼子颠沛深。
> 情到深处情无羁，
> 命逢舛时命有图。
> 先人已携爱恨去，
> 却把憾事付孤零。

　　最后不能不说，蒋孝严先生的口才真的十分了得。他久行政界，几担重任，也是在国民党遭遇转型的进程中冲杀出来的。冲出来了便是精英，社会认可，人民佩服——颇有乃父之风！

　　　　　　　　　　　　　　（2012年6月作于非洲之旅途）

悲歌三曲祭恩师

堪叹光阴易逝，一转眼，韩公京承离开我们就已一周年了。

一年来，我对我这位恩师的思念可以说是从未间断过。只要思绪一静下来，抑或有什么牵扯到他的物事，脑子里总是那么急剧地映现出他的音容笑貌，恍若生前。也许，这就是一个人的魅力所在？只有德高望重之人，他的思想，他的言行，才能在他周围人们的心中打上永恒的烙印。即便身躯已逝，灵魂仍将永存！

我在韩公身边工作将近10年，他的言传身教，对我以非常深的影响。我学他的粗浅体会是四个字：忠、厚、勤、新。即：始终忠诚于党的事业，以忧国忧民的情怀和长治久安的远虑，为真理不懈追求；始终坚持自身修养，以共产党员的标准和中华传统的精

华要求自己，塑造厚重的人格魅力；始终保持对事业的满腔热情，以高度的责任感和使命感，勤勉精细地做好每一项工作；始终致力于开拓创新，以深邃的目光审视时势，以一流的工作引领事业的潮流。他的美德俊才，将永远激励和照耀我的人生历程。

在恩师弥留之际，我曾自忖要做好三件事：

一是要为他赶出他的新著《政协十年行思录》，这是他抱病三年整理出的最后一部书稿，一定要在他有生之年出版，让他见到新书并且满意。这件事已及时办好，韩公对所编之书很满意且特别高兴，听他女儿韩炎说，老人家是摸着自己的新书走的。

二是要为他撰写一幅挽联，概括他一生的丰功伟绩。这件事也较好地完成了，我几乎是用喷发的真情，写出我的心声。联云：

京师有名，赣地有声，八闽三湘有厚望；

承前无悔，启后无憾，一清二白无微瑕。

这幅挽联挂在韩公遗体告别仪式的千秋堂上，颇受众人称道，都说是韩公一生的真实写照，也道出了大家的心声。

三是要写一篇散文，较全面系统地表达出我对他的深切怀念。只这一件，目前还未完成。不为别的，只因为我对这篇散文看得太重，积蕴多年的情感，一定要很好地表达出来。在繁忙的工作中，是难得有此种写作心境的。我决意不仓促从事，而要假以时日，精雕细刻，哪怕永远在心里写、写在心里。我以为非如此难以表达我的虔诚之心，难以慰韩公英灵。

周年忌日，我无以奉献恩师，便录下几首小诗，以表哀悼之情。

其一：遥祭恩师

2009年6月13日，是韩公遗体告别仪式，其时我不巧赴京出差，未能赶到，心中无限惆怅，遂赋诗一首以志纪念。

身在京城心飞昌，

八时过半欲断肠。

千秋堂内音容暖，

万里天涯泪雨寒。

报国拳拳鬓眉短，

忧庶念念写句长。

恩师已驾仙鹤去，

从此与谁论文章？

其二：焚书祭师

我之拙作《沉静的山歌》，是韩公生前十分关注的文集，可惜出版较晚，未能让他看到。己丑（2009年）冬至，我在江大姐和韩炎夫妇的陪同下，特将此书焚化一本于恩师墓前。明知毫无实际意义，只求了我心愿。焚书之时，亦作诗一首书于扉页，一同化之。诗曰：

阅尽青山寻逝仙，
寒风翻乱心中言。
盼君再论文章事，
评语何时入梦帘？

其三：六月念师

庚寅年六月，乃韩公逝世一周年。登楼西望，惆怅满怀，想人之诀别，何其速焉？但愿天堂有灯，照亮恩师慈航旅程。

六月天高云雾低，
惊雷滚滚震心扉。
才思随君乡下走，
却叹弃我天堂归。
一言九鼎人为杰，
八斗三才仙亦魁。
忠魂至今念故土，
化作雨后彩虹飞。

（2010年6月3日于南昌三纬书屋）

创业者记略

　　春天到赣州出差，恰逢地委宣传部组织了一个欢送一位领导的晚会，友人热情邀我参加，我便欣然前往。

　　晚会在一座名叫"九重天"的大厦顶层举办。这座大厦建得很有气派，在赣州市颇有"鹤立鸡群"之貌。我刚脱口赞了一句，友人就告诉我，它的主人是一位女将，叫胡淑华，大名鼎鼎的创业集团总经理，赣州市个私企业界杀出的一匹黑马。我于是决意访访她。

　　胡淑华的办公室设在大厦二楼，宽敞明亮，简洁有序。宽大的老板桌后，是一张真皮大沙发，背后三个书柜，将办公室点缀得高雅大方。整个摆设与其他企业老板类似，只是在正对着办公桌的一角，有一个略高出地面的台子，台子上铺了红色的地毯，地毯上是一辆很破旧的凤凰28型自行车，昂首挺胸地站立着，格外抢眼。见我总盯着那架自行车，胡总爽朗一笑，说："别小看它，陪了我十多年哩！创业越发展，越不能忘了旧情呀。"

"是吗？"我的兴趣越加大了。抬眼看时，发现这是一个很有亲和力的女人，说话总是带着笑容，把一双大眼睛里的热情四处飘洒。身材虽略胖，行动却一点也不显臃肿，谈笑风生，举止有致，使人觉得像一位可亲可信的大嫂子。特别是一问到这架自行车，她的激情就愈发奔腾起来。她说一看到它，就会想到创业的艰辛，更加珍惜来之不易的成果。她还常提醒班子成员，坐上了小汽车可别忘了自行车，只有坚持艰苦奋斗，企业才能不断发展壮大。

说起创业史，这位女强人却往往是伤感多于兴奋，眼泪多于笑容。她原是一位街道办事处的干部，领国家工资，坐机关办公室，工作之余，相夫教子，虽不富裕，却也无忧无虑，自得其乐。忽一日，区领导找到她，说想让她到一家街办工厂当厂长。那是一个什么厂呀！五十多名干部家属，专门负责洗涤回收的劳保手套。改革开放后，要洗的手套愈来愈少，工资都快发不出去了。领导说她只要去当厂长，自己的编制仍在街办不动，工资仍由区里发。是去还是不去？胡淑华与丈夫合计了好几天，最后一咬牙，去！而且主动表示连编带人一起调去，断了自个儿的后路。

这一去，便踏上了一条布满荆棘的崎岖之路。

胡淑华决定不洗手套了，其实也几近无手套可洗了。她的第一箭，射向了皮鞋。可皮鞋生产出来后，却没有销路。是呀，其时已是1980年代中期，市场上皮鞋多着呢。谁瞧得起你这个街道小厂的货色？胡淑华无奈，带上样品，与供销科长跑推销去。谁想一路到上海，均无人问津。在沪上跑了两天，带的钱也不多了，仅剩下返回的车票钱。举目无亲，告借也无门，两人只好睡火车站的候车室地板。吃呢，有一顿没一顿，拣最便宜的还吃不起。一天她实在饿极了，在一家饮食店里盯着一位顾客吃剩下的饭菜，四顾无人注意，紧抢一步狼吞虎咽起来。没法子，人到落魄时，是什么事都干得出来的。就这样过了个把月，她们才在上海市郊的一个县遇到了"知音"，签订了供销合同。签约的那天，胡淑华躲在厕所内痛哭了一场。

　　而此时工厂内，工人们却等得不耐烦了。有的说这个厂长也不是救命的神，有的怀疑她两人拿了钱去外边旅游呢，哪会管工人们的死活？这么一鼓动，一些脾气大些的竟要砸机器、散伙，甚至闹事。好在副厂长顶住了压力，力劝大伙再忍耐几天，等她们回来后问个究竟，如果确是没办成事，再问罪不迟。后来，当胡淑华两人蓬头垢面，手拿着订单出现在工厂时，当工人们听完她的叙述，道出一个月的苦情，很多人失声痛哭了，这既是为感动而哭，也是为错怪了她而哭呀！

　　皮鞋是销出去了，但一趟华东之行，倒使胡淑华开了眼界，她深知再生产皮鞋是愚蠢的，企业必须转产，必须从市场需要出发，走出一条风险小、赢利大、发展快的路子，而要实现这个目标，唯有靠大靠强，引进资金和技术，也就是现时流行的"借船出海"、"借梯下楼"之类。几个月后，她终于找到了一个"主儿"——香港影视明星梁小龙，也就是《霍元甲》里的陈真。梁小龙在香港经营了雨伞等轻工产业，生意做得很大，愿意到赣州投资办厂，并答应先来考察。可考察两天后，感到工厂条件不够理想，似有打退堂鼓之意，这下可急坏了胡淑华，怎么才能请动这尊财神呢？偶然间，她发现了这位梁先生的一个细节：常打电话，脸露焦急之色。她心想他必定有十分要紧的事记挂着，且让我察言观色，探个究竟再说。于是她摆了一桌酒菜，说：谈了几天，也没休息一下，今晚特设薄宴，以尽地主之谊，明日陪梁先生参观一下赣州风景，生意不成情义在，交朋友还是要紧的。席间，胡淑华问梁先生：何事让

你心神不宁？梁小龙说实不相瞒，太太身怀六甲，就在近几天生产，来赣州前已将她安置在深圳一家医院待产，为此着急呢！胡淑华一听，心中暗暗设定了一个主意，第二天专门安排了一个精明的职工速抵深圳，嘱其务必尽快侦察到梁太太住在哪家医院，并准备好鲜花一蓝，银制长命锁一把，只要小孩一落地，就要第一个送到床前。三天后，梁小龙接到太太的电话，告诉他已平安产下一男孩，还特地讲到你那里的胡女士真不错，一早就送来了祝贺的鲜花，长命锁已挂在了小孩的脖子上哩！梁小龙一听，感动不已，当即找到胡淑华，说就凭你的这份情意，我就是少赚点也要与你合作，当晚就签订了合同，至此，创业公司正式走出困境，走向兴旺，走上了一条大踏步前进的道路。

听罢这段故事，我感叹不已。谁说市场经济是无情的呢？谁说无商不奸呢？胡淑华不就是凭了一份真情实意，凭了女人的细心和体贴，促成了自己的事业么？真是条条大道通罗马，任何事情只要用心去做，就能做好。据说后来胡淑华与梁小龙夫妇成了好朋友，既是事业的伙伴，又是亲戚般的友谊。这在中国走向市场经济的历程中，不失为一桩美谈。

像这样历尽艰辛、用尽心思办事业的故事，在胡淑华身上还真不少，很典型的恐怕还是她在北京的一次经历。那是企业刚起步的时候，因产品全要运往香港，须组织一支运输车队，直达港九。这就必须取得国务院一个部门的签证。如何拿到这个签证？胡淑华为难了。她深知，自己一无"靠山"，二无"关系"，三无"门路"，要办成这么件大事是相当困难的。公司班子会上，有的提出请市里出面帮忙，有的提出划一笔经费打通"关节"，有的讲要带些好的礼品上京……胡淑华一一否定了，请市里出面不是不可以，但市里与她一样难办；用金钱开路虽是时髦的做法，但她的党性告诉她办不到；带礼品嘛倒可以考虑，但一来江西、赣州没有什么好礼品，二来又无一个朋友或熟人，这么唐突地送礼品，不是让双方都难堪吗？最后她一横心，又使出了她的犟脾气：不管怎么难，碰一碰再说。

几经周折，她找到了这个部门，了解到分管的是哪位大领导。但至关重要的问题是见不到他！那天她好不容易进了大楼，上了那位领导的楼层，也知道他在哪间办公室，可就是进不了门——有人阻止。也是的，自己一个山沟里来的女子，土里巴叽的，哪有那么容易能见到这么大的领导呢？可不见到怎么办成事呢？她苦思冥想，心生一计，心想你总得上厕所小便，我就守在厕所边上，紧盯着你出办公室，看能不能守到你。第一天上午没等到，也许是领导出去开会了，或是她眼生没认准。中午不敢出楼，饿了一餐，下午还是没等到。第二天她带了两个馒头，中午就在厕所边上啃几口，还是没等到。第三天又就着臭气吃了一餐中饭，下午上班一会儿后，那间神圣的办公室的门终于打开了。等到领导从厕所里出来，胡淑华向他递上报告时，她眼里的泪水怎么也控制不住，像断线的珍珠似的流了出来。听完胡淑华的叙述，那位领导硬是被打动了，表示一定全力支持她的企业，尽快把手续办好。果然不到一个星期，胡淑华就收到了签证。直到现在，在赣粤公路上，车厢后背写有"创业"两个大字的大奔驰货运车队还在欢快地奔跑着，鸣奏着改革开放加快发展的壮歌。

结束访问时，胡淑华带我参观了她的几个下属企业，有伞、鞋等轻工制品，也有饮料、食品等产品。新修成通车的大京九线上，还有"创业"号列车呢！面对她的这番生机勃勃的大事业，我心潮起伏，感慨不已，猛然记起陈毅元帅在赣南打游击时写下的诗篇，其中有一句是："创业艰难百战多"，陈老总这一感慨颇深的喟叹，不正是半个世纪后胡淑华这段生涯的生动写照吗？

我忽然发现，我乘坐的胡总的这辆小车，是奔驰60型，舒适得很，可侧目瞧了一眼身旁的胡淑华，她并没有沉进那设计精巧的车载沙发里去，而是正襟危坐，目视远方，眼神是那么深沉。我想她脑子里怎么也抹不去的，可能还是办公室里的那辆自行车吧？

我也顺了她的目光，望向车外的远方，远方是山，山外还是山……

（作于1995年·赣州）

一曲荡气回肠的壮歌

—— 序叶绍荣长篇纪实文学《万家岭大捷》

1938年，在中国现代史上，是极不寻常的一年。

这一年，在中国的长江流域，中日双方在以武汉为中心的数千里范围内，展开了一场规模空前的生死大决战，这就是震惊中外的武汉会战。

武汉会战，起于1938年6月12日日军进攻安庆，止于同年10月25日武汉失守，历时4个半月，创下了中国自抗日战争以来，同时也是世界反法西斯战争爆发以来，规模最大、投入兵力最多、战线最长、牺牲最惨重的纪录。

会战之初，沿长江西进的日军凭借其绝对优势的现代化武器和陆、海、空立体攻势，攻城略地，气焰嚣张。仅一个多月的时间，日军就连陷安庆、马垱、彭泽、湖口、九江，转眼间就将战场推到了庐山脚下，企图一举拿下南浔线，攻克南昌，迂回长沙，占领武汉。

然而，骄狂的日军做梦也没有想到，在地处鄱阳湖西滨、长江南岸的南浔线战场，他们却遇上了克星，遭遇了从未有过的毁灭性打击。

　　南浔线是当时南昌至九江铁路的简称。根据国民政府军事委员会的部署，作为武汉会战的重要战场，薛岳第1兵团10万大军奉命驻防南浔线。

　　薛岳利用南浔线山脉纵横湖网交叉的有利地形，巧妙地布下了一个反八字形剪刀阵。当日军进入这个反八字形剪刀阵时，如同进入了一个玄机四伏的迷魂八卦，处处是伏兵，处处有火力，处处有陷阱……

　　南浔线激战数月，冈村宁次率领的数万日军损兵折将，处处碰壁，锐气全挫。在进攻武汉的数路大军中，冈村宁次兵力最多，战斗力最强，然而却是最失意、最伤感、损失最惨重、同时也是令日军大本营最失望的一路。

　　无可奈何之际，冈村宁次只得铤而走险，趁薛岳围歼瑞（昌）武（宁）路上的本间第27师团、反八字形剪刀阵出现缝隙之际，派松浦第106师团在薛岳的反八字形剪刀阵孤军穿插，企图迂回包围中国军队。

　　孤军穿插，历来是战史上罕见的凶招、奇招、险招。面对这一突然出现的险情，薛岳当机立断，将计就计，主动放弃瑞武路上的本间第27师团，在江西德安境内的万家岭一带布下了一个口袋阵，然后集中绝对优势兵力，将松浦第106师团17000余人一举全歼，取得了震惊中外的万家岭大捷。

　　日军整整一个师团遭受灭顶之灾，不仅在中国抗日战争史上绝无仅有，而且在日本近代军事史上也绝无仅有。消息传出，日本朝野震动，如丧考妣，这个狂妄而不可一世的岛国民族，从此刻上了

难以言传的隐痛。

新四军军长叶挺将军盛赞万家岭大捷"挽洪都于垂危，作江汉之保障，并平型关、台儿庄鼎足而三，盛名当永垂不朽……"

毋庸讳言，在整个武汉会战的数千里战线上，中国军队丧师失地败多胜少，而且武汉会战蒋介石也以失败告终。然而，薛岳第1兵团所在的南浔线战场，却出现了奇迹，就在中国军队战役败局已定之时，上演了一出此次会战战场上最激烈、最精彩、最惊心动魄、同时也是最让人荡气回肠热血沸腾的活剧。那么究竟玄机何在？我想这看似偶然，实则蕴含着诸多必然因素，至少有三条是明显的：

其一，作为一名久经沙场的将军，薛岳的军事才华在这次战役中发挥得淋漓尽致。他既注重知己知彼，深入了解分析敌情我情，作出实事求是的兵力部署，确立以险制险的战役决心；又深谙摆兵布阵之要，巧妙而果断地利用地形地物，实施诈计奇谋，使敌始终处于被动挨打的地位。虽然其对手冈村宁次不失为日军之骁将，参战的日军部队也都是精锐之师，可谓两强相遇。但最终来犯之敌还是略逊一筹，败在薛岳手下。

其二，将士用命，众志成城，舍身报国，奋勇争先。万家岭大捷，真正的英雄还是无数舍生忘死的热血男儿（甚至还有热血女儿）。不论是薛岳统领的第1兵团，还是战役中临时配属给他的部队；不论是当时所谓的"嫡系"中央军，还是所谓的杂牌军；不论是国民党的军队，还是共产党领导的八路军、新四军以及地方游击队（还有国民党军队中的共产党员），抑或其他名不见经传的各种地方武装，在民族危亡的时刻，都能舍身用命，浴血奋战。战场上许多可歌可泣、叹为观止的悲壮场面，充分体现了中华儿女同仇敌忾、报效祖国的壮烈气概。所有这些都是同样应当载入民族史册的。

第三条至为关键：与整个抗日战争的性质一样，万家岭战役中，日本帝国主义是站在非正义一边，而被迫奋起反抗的中国人民站在正义一边。尽管中日在国力、军力强弱的对比上很悬殊，加之当时的中国当局及其军队腐败无能，经常自取其败，令英雄扼腕叹息。幸而有始终高举抗战大旗、积极倡导建立抗日民族统一战线的中国共产党，以其光辉思想雄才大略，指引全民族的抗战方向，才使抗战历经艰难走向胜利。应该说，八年抗战的艰苦卓绝、中国人民所作出的沉痛牺牲，是不堪回首的。然而正义必胜，邪恶必败，这是一条铁的规律。无论情况如何复杂，道路如何曲折，最后的胜利必然属于正义一方，属于中国人民。所以整个武汉会战虽多显败绩，但在局部战役中，一旦遇到了有血性有作为的对手，日本强盗也就必然会碰得头破血流。

江西作家叶绍荣的长篇新作《万家岭大捷》一书，是一部全景式正面描写万家岭大捷的纪实文学作品。该书在尊重史实的基础上，打开了有关万家岭大捷尘封多年的珍贵历史档案，逼真地再现了万家岭大捷宏阔悲壮的历史风云，展示了在亡国灭种的危急关头，中国军人舍身报国的生命激情和人生情韵，塑造了薛岳、张发奎、吴奇伟、商震、王隆基、俞济时、王耀武、张灵甫等一大批国民党高级将领的光辉形象，再现了国难当头无数热血男儿特别是基层官兵前仆后继血洒疆场的英雄气概，为后人了解万家岭大捷的历史真相提供了一幅生动形象的历史画卷。

薛岳是叶绍荣在此书中着意刻画的一位重要人物。在国民党高级将领中，薛岳以其个性鲜明能征善战而著称于世，史学界公认他为八年抗战中歼灭日军最多的抗日名将，是当之无愧的"抗日第一战将"。他成功地指挥了万家岭大捷，三次长沙会战等战役，他创造的"反八字形剪刀阵"、"天炉战法"等经典战例，至今仍为美国西点军校和世界各军事名校的必读教材。然而，作为国民党军事营垒中的

重要一员，作为蒋介石的心腹爱将，薛岳也有过与人
民为敌的记录。无论是在第二次国内革命战争时期，
还是在解放战争时期，他都是铁杆反共分子，双手
沾满了共产党人的鲜血，这是他生命中无法掩饰的

败笔。薛岳一生中的两面性，我们一定要客观对待，区分清楚。我想表达的是，为什么同是一个薛岳，打日本时往往得心应手，常操胜券，而与共产党对抗时却屡吃败仗，最后还是落得个蜗居一隅忧郁而终的下场？这就又回到了前文所述，即正义与非正义之分。即便是再有能耐的英雄好汉，只要站在非正义的立场上，就必然会被对手打败。所以抗日他能当英雄，反共他就只能是狗熊！

在对薛岳等抗日名将的刻画上，叶绍荣在《万家岭大捷》一书中做了有益的探索。尤其是对薛岳，作者用当代意识审视历史，以历史唯物主义的观点，对薛岳的功过是非作了客观公正的分析评价，实事求是，秉笔直书，力求还读者一个真实可信的薛岳。我认为叶绍荣的探索是颇有意义的。杨成武将军曾经说过："对他们（指民国将领）的历史坚持进行实事求是的记述，是功绩就讲功绩，是过失就讲过失，一段时间有功就讲一段时间有功，一段时间有过就讲一段时间有过。"我想这是颇能发人深省的，也是我们在历史题材的创作中应该遵循的。

正如叶挺将军所言，万家岭大捷是全面抗战爆发后，中国军队在抗日战场上继平型关大捷、台儿庄大捷后所取得的又一辉煌胜利。然而平型关大捷、台儿庄之战早为人们耳熟能详，而与之毫不逊色的万家岭大捷却一直鲜为人知，这不能不说是一种遗憾。所幸的是，随着《万家岭大捷》一书的出版面世，将拂去历史的尘埃，并将使这种遗憾逐渐成为过去。

《万家岭大捷》如一曲荡气回肠的壮歌，那激动人心的历史瞬间，那如群星璀璨的人物群像，那波谲云诡的时代风云，那险象环生的激战场面，那鲜活而鲜为人知的历史事实，都给人以强烈的视觉冲击和阅读美的享受。尤其是在中华民族面临亡国灭种的紧要关头，无数先辈用血肉之躯书写的保家卫国的生命壮歌，更是激励我们爱国向上的生动教材。

　　在此书脱稿之际，叶绍荣求序于我，我欣然应允，遂成此篇，以求教于方家。

（2010年5月16日作于南昌三纬书屋）

莫言一事

　　闻知莫言获得了2012年诺贝尔文学奖，作为一个中国人，我当然为他感到高兴和自豪，因为这一世界级大奖毕竟与我们隔离得太远了，"中国人为什么拿不到诺贝尔奖？""诺贝尔奖为什么拒绝中国？"种种质疑几乎年年不绝于耳。不管怎么样，莫言拿到了，为中国填补了一个空白，也是为中国争了光吧。因此，我们还是要祝贺莫言，赞赏莫言，虽然我们大可不必为此热捧，大可不必在这里做太多文章。

　　想起了莫言一件事，是因为这件事对于中国来说，确实意味深长。

　　那是在2009年第61届法兰克福国际书展上。

　　法兰克福国际书展是全世界最大、最著名的一个书展，素有出版界"奥运会"之誉，每年一届，参展的国家和地区最多，展出的图书规模最大，出版物交易量也遥遥领先于其他地方的书展。法兰克福书展还有一个很鲜明的特色，就是主张言论自由。它不分民族、国别、团体、个人，不论政治观点、政治主张、思想流派、意识形态，统统允许在这里发表意见看法，对一些较为出名的流派团体还有意发出邀请，以彰显其兼容并蓄的姿态。

第61届书展中国是主宾国。按国际惯例，主宾国要举行一系列活动，如主宾国开幕式、开馆式、文学与出版论坛、文艺展演等等。其中最重头的是开幕式。

中国组成了强大的阵容出席这次书展，派出了由150多名作家学者、300多名艺术家、700多名出版界人士组成的庞大代表团参展。此前，由于意识形态的原因，书展组委会在一些问题上出现了干预中国内政的现象，在邀请人员中，为几个闹"民运"、搞分裂的人发放了入境签证；在文化论坛上，未经中方同意即安排"持不同政见者"做演讲，导致中国代表集体退场等。组委会的不当做法当然都受到了中国政府的坚决抵制，经反复协调磋商，确保了主宾国活动的顺利进行。特别是主宾国开幕式，总的说还是很成功的。

开幕式上，安排了好几位发言的嘉宾。那天参加的人员也很多，会展中心2000多个座位几乎座无虚席。我们中国代表团也有几百人出席，在会场的中间一块就座。开幕式首先是文艺表演，演出了几个精心挑选的富有中国民族特色的节目，演员自然

也都是从国内带去的顶级阵容。这些都博得了
观众的满堂喝彩。到了发言的时候，我们就感
到有些复杂的味道。黑森州州长、法兰克福市
市长、组委会主席都夹杂了一些西方人对中国
不理解的看法，无非是他们认为参加书展活动
的对象不应该限制，不论什么立场、观点、思
想都应该允许在这里发表等等。甚至直言埋怨
主宾国的一些做法，感到"很遗憾"。很不够
意思。德国总理默克尔则大谈德国政府将要给
予出版业、作家、作品以各种补贴，还要制定
一系列优惠的扶持政策等，引来了观众的阵阵

掌声。我听了心里也不是滋味，总感到她是在显摆，好像是故意说给中国出版人和作家听的。

中国发言的代表有三人，一个是国家副主席习近平，一个是中国作协主席铁凝，还有一个就是作家代表莫言。习副主席的讲话当然是非常严谨规范的，铁凝的讲话简直就是一篇优美的散文，只可惜不是朗诵，而是念稿子，没有引起多大的轰动。只有轮到莫言讲的时候，会场气氛才活跃了起来。他没有念稿子（我想肯定是有稿子且经过了严格审查把关的），一开头就讲述了一个故事。他说他老家在山东高密的一个农村，那里过去比较贫穷落后。小时候他奶奶给他讲故事，说德国人要来他们那里修铁路。人们传说，德国人很怪的，一是没有膝盖，走路不会打弯；二是舌头是开叉的，讲话叽里咕噜难听死了。后来德国人真的来了，人们发现这两个传言都是假的。这说明了什么呢？说明沟通的重要。因为缺乏沟通，西方人总把中国人想像成妖怪，以为多么野蛮多么落后；同样，中国人也会把西方人想象成魔鬼。只有通过加大文化的交流，世界才会融合，不同的种族、不同的国家才会和谐相处。他的这篇讲话，始终围绕文化沟通、交流这个主题，道理很明晰，易接受，还很诙谐幽默，得到了观众的好评。我们听了也感到痛快，心想莫言用这个办法，巧妙地回击了一下西方人，教他们怎样看待中国，怎样看待中国人，也可以说是变被动为主动吧，岂不快哉！

国际书展的主宾国，影响是巨大的。特别是中国，动辄以举国体制，集中力量办大事，把主宾国办得相当出色，使外国人大开了一回眼界。作为一个参与者，我感受特深，不仅是莫言的发言很特别，整个文化气场都给了我很大的启迪。记得当时还写了一首七言律诗，姑且一并奉录于后，供诸公一哂：

参加法兰克福书展有感

法兰克福秋正深，
叶色书味两温馨。
四海文朋皆畅叙，
五洲骚客尽驰骋。
思想禁锢无民主，
言论自由有创新。
我谓阿尔卑斯雪，
何时驾风会昆仑？

（2012年10月12日作于南昌孤云阁）

山里走来自在客

——兼序《贵平吟草》

贵平先生退线的时候，我们曾经多次谈及他晚年的安排问题。因为他的业余爱好几近于零，一不会陶醉于烟酒，二不会垂钓于塘溪，三不会搓糊于牌桌，四不会潇洒于歌舞，等于是个"玩盲"。现代人的衰老期又明显后移，花甲之后身体、精力都不至于立马衰减，有的七老八十甚至还能找个年方二八、三八的小老婆。况现时中国政坛又有个什么"退线"的创举，五十七八就要把位子让出来，说是叫退居二线，其实等于退休，啥事也不用干。这对于一辈子惯于忙碌的贵平先生来说，一旦歇下来，以何事填充心灵空间，确实是摆在面前的大问题。

"写诗吧！"我极力向他建议。因为我知道，贵平先生的古文基础相当雄厚，对于格律又很精通。更为重要的是，他的心中，有着爱恨分明的炽热情感。

若二者结合，必能碰撞出璀璨的火花。

不久我就发现，贵平先生果然拿起了他的如椽之笔，开始了他另一种金戈铁马、叱咤风云的战士生涯，一首首律诗绝句跃然于纸上网络，一道道飘逸潇洒的唱和穿梭于短信之间。我每每获得，总是反复吟咏，品尝把玩，或随诗情感叹欷歔，或随诗意颔首沉思；或神游于山水景致，或愤然于邪恶张狂。真是如闻泣诉，如闻鼓雷，把栏杆拍遍，令心情放飞，不亦快哉！

我一直尊贵平先生为师，尽管他并未正式的教过我的课。在我还是懵懂少年的时候，我就钦羡他的倜傥风流。那时他先后执教于水源、白桥中学，把一本《毛泽东选集》和一些社论之类的所谓"课文"讲述得出神入化，通过师生们口口相传，其教学方法不胫而走，在小小山乡里广为流传。后来我有幸也曾执鞭讲台五载，方知动乱时期的教师真不好当。令我印象最深的，是有一年的小学五年级课本中，有一篇课文叫《黄帅日记》，外加一篇《人民日报》社论。黄帅何许人也？乃一名女学生、一个以批判"师道尊严"著称的"反潮流英雄"。讲述那篇课文，不光要忍受教学生批判老师的"自打自脸"的屈辱，要命的是那哪是课文呢？从内容到写作技巧都不伦不类，按教范要求根本无法施教。那时又没有教辅可供参考，只能将就应付了事，心里因此憋屈得很。可见能当得像贵平老师那样真不简单！

也许那时的吏治风气还是比较正的罢，选拔任用干部还比较注重德才。上世纪七十年代中期，贵平先生终被选拔进了县公安局工作。有道是"海阔凭鱼跃，天高任鸟飞"，贵平先生的才华在公安系统立刻得到了充分体现，时间不长，竟从一般干部连升到公安局长。作为一个无背景、无关系、从不跑官要官的人来说，是个非典型的个案。那段时间我在部队服役，从家乡源源不断传来的消息中得知，贵平先生的为官德行相当好，办案水平相当高。我自然又对他增添了许多的敬重，其老师的地位在我心目中便更加崇高了。及至后来，每逢我回乡省亲，地方领导或是亲朋好友请我吃饭，我总是要把贵平老师请出来，哪怕是县委书记、县长做东，我也要请他坐在主宾位置，以表我对"天地君亲师位"的崇敬情怀。

话休絮烦。且说十余年过去，几乎是眨眼工夫，贵平先生的诗作几可以"汗牛充栋"来形容了。面对摆在我面前的一本厚重的《贵平吟草》书稿，我的脑海里总是浮现出贵平先生的洒脱神情：弯弯的修水河边，有一座诗意般的浮桥，浮桥上走来了一位儒雅的贤者，他的身板坚挺，身子微向前倾，脚步坚实有力，凛冽的河风吹乱了他的头发，更显出苍劲飘逸。他对着流淌的河水，脑海里竟生出了一个魔幻般的意境，"欲度蓬莱循此去，青云送我会神仙。"《过青云门浮桥》；寒冷的雪夜，一归客与三五老农围着熊熊燃烧的火炉，正在把酒话桑麻。但见他那略长的、棱角分明的脸上，放着酡红的光彩，一双不大却炯炯有神的眼睛里，闪现着沉思和忧愁。"梅香破腊三分醉，听雪围炉话岁艰。"《农家冬夜即事》。读着他的诗，我总是情不自已的跟着进入了诗的意境，领略着诗的韵味，附着了诗的魂灵。

通读贵平先生的诗稿，给我印象最深的，是"自在"二字。你看，他退线的时候，不是怨愤，不是消极，而是想到了"从今卸却肩头轭，啸咏南山乐晚晴"《退线感怀》。及至到龄退休，他的心情是异常的快活，"脱却警衣更便衣，醉心花鸟乐忘归，不闻陌上犬相斗，仰望云空燕子飞"《山居杂咏》。虽然他清楚得很，"宦门似寨吠声狂，身退江湖茶自凉"，但一旦进入了"水不过滩，人不求人"的境地，又管他什么"茶热茶凉"？于是诗人便"信步沿江数落花，秋风折柳夕阳斜"《观渔》，安然过起了"几间瓦屋隐溪林，晚听松涛早看云"《山居》的神仙般的日子。从此，在诗人心里，天地运转，四时变幻，是那么吐纳有致，兴趣盎然。春天里，他兴致逸飞，"历尽炎凉胸自阔，松窗蓬户纳云烟"《春醉》。夏日到来，他"云水煮茶灯作伴，诗书下酒笔牵缘"《夏夜闲吟》。面对金秋，他感叹"秋色无边观不厌，胸无荣辱傲王侯"《咏闲》。寒冬腊月，他自认"草根懒与精英伴，做个村夫快活多"《冬兴杂咏》。可以说，一年到头，他无欲无畏，无忧无虑，不慕虚荣，不攀权贵，自由、自觉、自乐，在自在国里做个自在客，任意挥洒，展翅翱翔。我想，有此胸境，有此雅致，夫复何求？人生的至高境界不过如此！

自在源于觉悟。何为参禅？窃以为，参透世事，看破红尘，悟到禅机，遇事有个包容、淡然的心态，即已进入禅境。这个禅境不是说进就进得了的，而是需要有丰富、广博、多舛的历练，有洞明世事、练达人情的智慧，有万事皆空、物我两忘的胸襟。觉悟到了，对人生、世相就自会超然、淡然。"楼高梯陡窄而弯，气喘如同登泰山。世上人生梯上路，一般曲折一般艰"《爬楼梯》；"登天落地胆无惊，升降从来不去争。多少痴心名利客，几曾过此悟人生？"《咏电梯》。是啊，多少人是终生都悟不到的呢？生病了，要怎么对待？诗人认为"清心自有书当药，赤胆还无病可除？"《病中吟》。就是眼睛生疾，他却有这般察觉："左目微光右目瞪，从今万象半分明""百般祸福皆由命，看破红尘胆不惊"《眼疾有作》。感悟一下，不是令人拍案叫绝、石破天惊么？类似富含人生哲理、咏物喻人的诗句还有许多，比如"身微自与庶民乐，不与鸿鹄比志雄"《咏麻雀》；"缩头养气麻烦少，闭目含神福寿长"《咏龟》；"三千烦恼理还乱，人到无求已是仙""山不过来人过去，命须求果我求因"《禅悟》；"人间万事讲门道，唯死不分民与侯"《白头吟》等等。这些达观、豁达的心态，透出了多少

人生哲理，细细咀嚼，味甘不尽。

自在基于情感。人的心态是由情感因素构成的，什么样的情感决定什么样的心态。从贵平先生的诗作中不难看出，他的"自在"的心态，有着厚重的情感蕴涵。数百首诗中，表现亲情、友情、乡情的篇章占有很大的分量，其中不乏相当感人的精辟联句。比如："思亲恰似墓前烛，赤泪焚身照父归"《清明扫父墓》；"深恩未报空垂泪，大德难酬愧做人"《慈母百岁辰祭》；"夜静思亲常问月，如何忠孝两双全？"《生日偶成》；"凉生枕玉天难晓，一曲《回家》热泪盈"《夜听风雨》。《贵平吟草》中，有大量遥寄、缅怀、赠送给兄弟、宗亲、同学、好友的诗作，有很多吟咏故乡山水景观的篇章，甚至像一些忆双抢、忆挖薯、忆刨花生之类的忆旧之作，都无不充满了浓浓的思念，无不倾注着诗人的款款深情。艾青曾说："为什么我的眼里常含泪水？因为我对这土地爱得深沉。"作为一个从政多年的人来说，整个青、中、壮年都在"尽忠"，把"孝"的责任长期放在了一边，真的是忠孝不能两全。及至到了老年，往往"树欲静而风不止；子欲养而亲不在。"就是对亲属、朋友、家乡，也难免疏于关心、帮助、照顾，思想起来，总免不了惭愧、自责，倍加思念，倍加感怀。大凡正直之士应该都有同感。

自在出于正气。《荀子·尧问》云："士分两种，仰禄之士，正身之士。"纵观古今，仰禄之士比比皆是，而正身之士却如凤毛麟角。当然这是中国社会的性质使然，几千年来难以祛除的官本位、金钱拜物意识，深深地植根在这块土地上，叫众多士子不仰禄是不可能的。但推动社会进步的力量绝不是仰禄之士，而是正身之士。正因为此，社会崇尚、历史咏叹的才是那些正直、公平、清廉的官吏。正身之士的一个突出特点，就是在职在位时会凭良心做事；面对不平，愤懑难抑，其他方式不能表示就付诸笔端。贵平先生正是这样，他在他的故乡担任公安局长多年，处理的事情可以说是一团乱麻，既要坚持原则，依法办事，又要让乡里乡亲心服口服，不留怨言，谈何容易？可他做到了做好了，鱼与熊掌兼得，对上负责与对老百姓负责相统一。可以说是一个实实在在的正身之士。在《贵平吟草》中，大量的愤世嫉俗之作，充分表达了诗人匡扶正义、激浊扬清的耿耿情怀："不见真容只见车，官称父母自称爹。天高四尺民心矮，人去政声如落花。"《送某官》。"两肢不点阳春水，唯数强权和贿钞。"《咏某官双手》。"高楼拔地赛春笋，我似笋衣抛路边"《叹农民工》。"莫待民冤公愤起，舟倾水覆势难收"《卖薯汉被掌掴有感》。"吏治宽严廉是镜，民心向背信为缘"《新年杂感》。这样的呼吁、这样的呐喊，足以彰显其赤诚之心、焦急之情，对于建设美丽中国、实现中华民族复兴之梦，是多么难能可贵啊！不知为政者闻之作何感想？

好了，我本一俗人，不说胸无点墨，也是门外谈诗。贵平先生多次嘱我写点什么，自是诚惶诚恐。上述言语不免有妄言之处，还请老师和诸位诗友文友不吝赐教。蛇年春节，我和贵平先生一起回到老家省亲，正是天寒地冻时节，雨雪纷纷，滴水成冰。我们围炉看雪，把酒听风，颇有点世外桃源的味道。我们互问行程，都说过几天就要回去了。一个"回'"字，又引发了我的感慨，回山里老家是回，回远在山外城里的家也是回，到底哪里是故乡呢？我说起回来前，我在城里家门口挂的一副自撰春联，上联是：心入禅境乃仙境；下联是：卜居异乡即故乡。二人不禁会意地微笑起来。我说今年立春已过，寒冷不可能持续多久了，待到春暖花开时，先生一定兴会无前，又有许多新的诗作出炉，我们将在短信里、博客里、微博里慢慢品尝，一同领略"自在客"的无限风情。

（癸巳年正月初四于幕阜山介石堂）

追逐红日的人

——序杨志《醉丹霞》

我总是慨叹科学家的联想，用"丹霞"二字冠之一种奇特的地貌，不能不谓之绝妙。丹即红色，霞乃日光，丹霞——红色的日光，它是神圣的色调，是生命的图腾。它给自然妆点活力，它给山川镶嵌金辉。它无声地歌唱，它静谧地舞蹈。它供万物以奢靡的享受，它公而无私地奉献出自己的豪华。

丹霞地貌，便是红日写在大地的朱砂榜书，其势磅礴，其意巍峨，其形飘逸，其体秀美。

醉心丹霞，是一个人的境界。

醉心丹霞，是追逐红日的写意。

从《醉丹霞》的幅幅作品中，我仿佛看到作者杨志先生手握相机，胯下乘风，精神抖擞地走进了丹霞、走进了红日，把他的发现，把他的情怀，一股脑儿展现在我的面前。我反复翻阅，反复品鉴，脑子里

只有惊讶，只有艳羡，只有对他这一恢弘成果的极力赞赏。

　　我和杨志先生是军中同僚。我从福建调到江西省军区当干事的时候，他已是司令部办公室主任，及至我当宣传处长时，他已提升到军分区担任参谋长了，尔后由参谋长到分区司令，再到省军区副参谋长，一路顺风，直达人生事业的一种辉煌。在我的印象中，杨志先生是一个典型的武将形象，他身材魁梧，膀大腰圆，在金色军徽和银色校星的映衬下，特显威武而挺拔。直到有一天，他带了一堆彩色风景照片来找我，说是想出一本画册，我还一时没有缓过神来，心里怎么也不能把他与摄影艺术挂上钩。然而，翻看了他的作品，我还是十分惊讶。那是江西一个旅游景点的写真，那地方叫龙源峡，坐落在永修县境内的九岭山麓，风光秀美，作者拍得也很到位，颇显摄影功力。他告诉我说，其实摄影是他的"老行当"，上世纪七十年代初，他就开始玩起了相机，八十年代初，就有作品入选中国摄协全国大展。自打进入军队机关特别是担任领导职务后，肩负重任，无暇顾及，只好忍痛割爱放下了。退下来后，他是重拾旧艺，想在人生"第二春"有所作为。我自然赞赏不止，连说好啊好啊！摄影是高雅艺术，既能满足自己的兴趣爱好，又能锻炼身体，还有益于社会。何乐而不为呢？

　　按军队的规定，师级干部到55岁再提拔不了，就得免职，等待退休。其实55岁刚刚进入壮年，古往今来，就是65岁、75岁，或年岁更长，好多人不也都充满活力、壮怀不已吗？正如法国启蒙思想家卢梭说的："青年是增长才智时期，老年则是运用才智时期。"人到中老年，正是聪明才智厚积薄发的时期，有的则是创造力喷薄而出的时期。孔子60岁还在郑国游说，周游列国尚未完成；陆游63岁还在抗金一线奔波，为晚年的精品力作准备素材；晋文公62岁继位兴霸业；吴承恩66岁着手写《西游》；齐白石67岁成大师；姜子牙71岁辅周王。张中行73岁才开始写作《负暄琐话》、《禅外说禅》，一举成名；周有光最牛，104岁出版《朝闻道集》，还说"这不是我最后一本书！"可见，有志不在年少，有智何碍年老？

我在积极帮助杨志先生编辑出版《龙源峡神韵》画册的同时，极力建议他走专题摄影之路，期待他不断有摄影新作问世。不想两年后，他竟搬来了厚厚的一本《醉丹霞》书稿，使我目瞪口呆，惊讶不已。这可是个大专题啊，敢于如此宏大叙事，足以彰显大家风范！我欣赏着一幅幅作品，不仅看到了秀美的丹霞景色，看到了光与色的精湛艺术，更看到了摄影家为艺术献身的高尚精神。我国的丹霞地貌分布极广，仅南方较集中的就有六省数十县之多。比如杨志先生曾经工作战斗过的江西鹰潭，境内龙虎山就是典型的丹霞地貌，瑰伟绝特，美不胜收。加以道家的正一教祖庭地位，更增添了这里深厚的文化韵味，抹上了斑斓的历史色彩。杨志先生说，这对他投身丹霞地貌的摄影艺术是有着深刻影响的。丹霞地貌又往往处于深山险壑之境，不易攀登，难觅真容。杨志先生对此感慨尤深，他说有时为了拍好一处景观，要连续在野外工作几天几夜；有时为了拍到一个有代表性的山头，拍摄只需几十分钟，路上却要跑几十个小时；有时要找到理想的拍摄角度，得登千尺高峰，临万丈深渊。翻山越岭，餐风宿露，艰难困苦自不必说，惊惧险恶也是如影随形。可见好的摄影艺术，真是浸透了作者的辛劳和汗水，委实来之不易。当我闲适安然地翻阅这一页页精美绝伦的画面、欣赏这一座座巍峨峻峭的山脉风貌时，我分明看到杨志先生在崇山峻岭间攀爬奔走的身影，看到悬崖峭壁上他那飞舞腾挪的英姿。他就像追日的夸父，用他不懈的努力和执著的精神，奔跑在红日的光环里，给人们采撷火种，播撒光明。

我谓《醉丹霞》，十分钦佩一个"醉"字。展卷阅来，那丹霞山岭，或高耸参天，或逶迤连绵，或罗列于长流大泽之侧，或挺秀于林海万绿之丛，皆是桃颜粉面，似醉非醉。我想，倘若徜徉其间，观其貌，听其声，亲其肤，赏其容，真乃如入仙境，如沐春风，如饮甘露，如闻丝竹。禅者云：能不醉乎？

是为序。

（2013年11月10日作于南昌孤云阁）

平淡的风度

——谢明明《心中的高原》序

他有点像高仓健，较高而有点前倾的身躯，走路时总是微低着头，略长而冷峻的脸庞上，有着一双不大却总在沉思的眼睛，显示出内心的坚毅与沉着。

他就是谢明明。

他真的是个平淡的人。

他的工作很平淡。从县里到市里省里，都是坐机关，都是绞尽脑汁爬格子，加班加点摇笔杆子，写一些"同志们冒号"之类的稿子，无私无怨地奉献着自己的青春壮年时光。

他的家庭很平淡。成年之后，他就娶妻生子成家立业过小日子，夫妻恩爱相濡以沫，儿子成才考学东洋，虽无豪宅尚有雅室，一家祥和其乐融融。

他的生活也很平淡。每天两点一线，就在单位与家之间徘徊，就像这两头有块磁铁，使他这根线从不会偏离轨道。他不饮酒不打牌，不喜唱歌跳舞，不会垂钓江湖，为解几次迁徙带来的孤寂和行文思考带来的苦恼，不幸染上了烟瘾，常常遭到亲人的埋怨责怪，听说还想戒掉，这真是男人的一大悲哀。

然而平淡不等于平庸。平淡之中往往蕴含着崇高蕴含着伟大！

在明明这种平淡人生的表面之下，是一团熊熊燃烧的炽热火焰。

火焰在地下运行，要么永远沉寂，要么喷薄而出，要么就是化成热能，就像冰岛的地热，以平和的形态出现，贡献于人类。

窃以为，读明明的作品《心中的高原》，就可以窥见他心中的这团火焰，正像地热般缓缓涌出，把温情暖意洒向人间。

遍览诸文，掩卷思之，我在感慨感动之余，又有四字感悟，这就是"超、情、高、大"。

"超"即超然。智者的平淡，就在于他能参透世事，然后淡然处之。身居政界的核心部门，耳闻目睹的人间万象，所接触的世态炎凉，该是多么丰富多彩、多么千奇百怪！人非圣贤，谁没有理想追求，谁不会推人及己？特别是作为胸怀大志腹有良谋者来说，当自己的付出与获得很不成比例的时候，或者当黄沙掩金人不识、锥子虽尖不入袋之时，应该说有各种各样的表现都是正常的，都不应该对之苛责强求。但有一种表现是最高境界，这就是超然。我不知道明明是否遇到过诸如此类的人生际事，只是从他的文章里面，确实贯穿了一种对人对己对事对世的禅心佛境，你能从他的字里行间，感悟到那种平静处世、淡然于事的襟怀。

从《心》的许多篇幅中，我感受特深的，是明明的情感世界。别看他平时不善言语，看似冷酷，其实他的心中盛满了情感，而且那情感是那么细腻，那么绵长。对长辈亲朋，他的情浸入肺腑，痛彻心肝；对故乡山水，他的情化为诗歌，在心中永远吟唱；对工作事业，他的情就是热爱珍惜，尽心尽责，孜孜不倦，乐此不疲。俗话说人有七情六欲，实际上情与欲是截然不同的，情指向利他，欲指向利己；情是付出，欲是索取。两者方向截然相反。比如，爱情是给人以爱，而性欲是想占为己有；友情重在能为朋友做什么，而酒肉朋友只是一种互相利用的关系；对工作的热情，是事业心强的表现，是想在其位谋其政，说大了是贡献于社会人民，往小里说也是对得起良心对得起手里的几个工资。而官瘾钱瘾之类的欲望，则是不择手段谋取私利，贪得无厌据为己有。因此，有情的人是最愿意付出的人，是最可信赖最可与之交往的人，亦是最应得到重用的人。

在我眼里，明明是个高士。高士者，高雅、高洁、高尚之谓也。读《心》的文章，我就有如沐清风、如饮甘露之快。他能在生活中品出真谛，在事物中寻找哲理，在事件中舒展壮怀。特别是对过去生活用品的追思，对故乡旧事旧景的念想，既给人以淡淡的乡愁，又把人引入对美好生态的怀念。而在对冰雪灾害、汶川大地震、奥运会等重大事件的感悟中，又从不同的角度，阐发了他对生与死、义与利、爱与恨的观点，给人以有益的启发。就是于一烟一酒、一茶一水之间，也像朋友相见，轻谈细论，挥洒自如。

毕竟明明是个长期供职于党政机关的人，在他的心里，当然时刻装着大局，系着民生，而这种"职业习惯"竟也自然而然地进入了他的文集之中。当然这里没有口号，没有说教，而是一种思维的线条、思想的流露。读到一些诸如科学发展、环保、德政、体制机制建设等的思考时，我们就会自然产生共鸣。古人云：国之兴亡匹夫有责，离开了大局，离开了治国之政理国之道维国之序的关注和忧虑，文学的功能又从何谈起呢？从这点看，《心》的价值应是有所升华的。

　　我和明明是修水同乡，有着"修水人"相似的性格。究竟是什么性格？一时也难说得清楚。这种性格究竟是不是先贤黄庭坚、陈寅恪等遗传下来的呢？我等不敢妄言之，更不敢大胆妄为与他们相提并论。但他们那种秉性那种风格，确实在很多人身上见得到。那些东西究竟是好还是坏？我也说不清道不明，反正生成的脾气，改也改不了，既不为之自豪，也不为之自卑。不论因此得志也好，失意也罢，我想都应视为无关大碍，只要能悉心守望着一份平淡，保持着平淡的风度就好。明明要我为他的大作写序，我在拜读之后，战战兢兢地写下了上面这些话，希望能起到门童的作用，为读者诸君做个引荐。

（2009年8月8日于南昌三纬书屋）

又见修江涌新潮

　　还是在1980年代末的时候，我作为省军区的新闻干事，就和丁江涌有过交往。那时我们抓民兵预备役工作的新闻报道，每个县人武部都会聘用几个业余报道员。我从修水县的稿件中，发现"丁江涌"这个名字见报的频率比较高，每年年终的表彰奖励名单上，丁江涌也是常列其中，这引起了我的关注。我的战友、时任县人武部政工科长的童跃进介绍说，丁是县委宣传部的干部，很能干，很有文才，写稿的积极性很高。这一连三个"很"，使我对他倍感兴趣，只是由于相隔较远，多年来一直未曾谋面。

　　也许人与人之间真的有个缘分的问题？20年后，我终于见到了丁江涌。此时我们都已开始迈向老年，细密的皱纹开始爬满脸上，昔日茂密的头发也开始变得稀松，苍茫深沉早已取代过去的英姿勃发，我们不

禁都蹉跎感叹，嘘唏不已。而当他从背包里捧出一摞厚厚的书稿时，我才恍然意识到时光的流淌与驻扎是多么令人难以琢磨。

"很不像样的，不知能否出版"，他脸露羞涩，很谦虚地对我说，"另外还想请你帮我写个序"。

我连忙接过书稿，并且欣然应允了他的要求。

这的确是一部体裁比较杂的文集，包容颇多，涉猎很广，有追人忆事、感怀乡土的"心涧"，有写景记史、纵情游历的"履迹"，有历年来所写的杂文杂感、通讯报道和解说词，还有作者所记的生活趣事。然而所录虽杂，却特别能凸显出他的善思勤奋的可贵精神，凸显出修水人那种质淳无华的气质文风。

在"心涧"中，作者追寻那些散落在故土乡间的斑驳记忆，满是对故乡亲人的深深眷恋，那真挚的深情，从字里行间氤氲而出，读之动容，颇有一股打动人心的力量。而观景讲史，则无不渗透作者对一方灵秀山水的崇敬之意，以及身为斯地儿女的骄傲之情。集中的记游篇章，结而为"履迹"，侧重于思忖对沉淀于景致中的历史钩沉，不仅反映出作者对于正史野史的兴趣和涉猎的广博，而且让读者跟随文中历史的跌宕起伏留下一段盛衰荣辱的难忘记忆。游记并不是一种容易书写的文体，其难就难在从游而见思，需由景致中得到思考，有所阐发，否则易于变成流水账似的导游说明。读丁江涌的游记，其中不仅有景，而且可见作者善思，思而有得。当然作者的思，还表现在对身边事物的关注上，从日常工作到人生修养，从菜篮子到贫困人口，作者思之深、情之切，透于纸上，体现了一个热血男儿的拳拳赤子心。而"从撷"、"历记"两辑，则是作者早年从事党政宣传工作时所采写的人物通讯、新闻报道和解说词，字里行间让人读出一个勤奋工作的有才气有干劲有能力的丁江涌，而且颇有成就。同时，丁江涌还是一个有趣的人，他的爱好主要应该是打乒乓球，从他的"趣集"一辑中可以看到，一个与乒乓球结缘而舞文弄墨的人，可以将笔下之文舞弄得像打球一样潇洒自如酣畅淋漓，六篇文章，篇篇是趣，就连打油诗都写得妙趣横生，很有意思。

老实说，我的本意是不赞成江涌出这么一本文体繁杂、包罗万象的集子的。设若再往深里走去，在文学园地再辛勤耕耘若干春秋，形成专辑出版，就会更加圆满更加出色了。因为我知道，江涌是有这个能量的。可转而一想，一个正值壮年、肩负事业重担的男人，毕竟还是应把本职工作放在首位，不可能花太多的时间和精力用于创作的。既已积累了可观的成果，何不挥洒一点，先出为快呢？至于追求专、精、尖那一套，还是留待书斋里的文人骚客们去干吧！由是，我为江涌鼓动，我为江涌的文集推介。当然我还坚信江涌在今后的工作之余将不断推出新的力作——因为他还有足够的创作能量等待着释放呢！

让我们期待着。

（作于2010年4月14日　赴京航班上）

翻身

　　堂弟法想的儿子考上了大学，来电说要我回去出席
庆典家宴，喝杯喜酒。实话说这一类的酒我一般是不会
回去喝的，一来路途太远，自己工作在身走不开；二来
家乡这样的情况委实太多，去一家不去一家总不好。可
我破天荒第一次答应了想弟：至时一定回去。

　　想弟十分高兴，一见到我，脸上立刻笑成了一朵菊
花，裂开的嘴好久都合不拢，眯缝着的眼里溢满了泪花。

　　我也很激动，对着亲朋好友，结结巴巴的只知道说
一句话："想弟终于有这一天了！"思绪也就不由自主
地回到了以往的岁月。

　　想弟的父亲也即我的伯父，是一个要多老实有多
老实、要多可怜有多可怜的人。他幼年丧父，我伯公早
年参加平江起义的部队，跟随彭德怀转战修（水）铜
（鼓），还没到突出重围上井冈，就壮烈牺牲了。伯父

那时才二三岁，先是随娘下堂到了继父家，及至八九岁时，又返回家乡，无依无靠的他，便由我的曾祖父收养，一起过着贫穷的日子。

我曾祖父旧时在山乡也还算是个"有王心"的人，他年轻时往返汉口搞点买卖，后来又在家经营起一个屠铺，靠从杀猪匠那里批发猪肉零卖，兼做些烟酒南杂生意。那时我家老宅的格局是一门两户两柜台，堂前东边是我曾祖父的南杂铺，西边是我曾叔公家的中药铺。两家是亲上加亲，两位老人关系相当亲密。两家开的店铺也是构思精巧相得益彰的，往往买药的人需要买点红糖果品下药，甚或买些猪肉给病人补补身子，也有顺带买些油盐酱醋日常用品的，正好不用出门一并办妥，两边生意也就一起兴隆。曾叔公卖药很讲究，他从来不讲"药"字，对人只讲"老茶"；他卖的药来路纯正，品质上乘，切捣规范，秤足戥稳；每次都不厌其烦地向顾客仔细交代注意事项，如何煎煮，如何冲泡，如何配引，有何禁忌等等，周边俱到；包好药后，还要在药包上加放一张红纸，以示吉祥。所以卢、水、东三源的乡亲都愿意到他这里捡药。他一般不赊账。捡药的人除非万般无奈，一般也都是带钱出来的，为了除病祛灾，砸锅卖铁也在所不辞啊。可我曾祖父这边就不同了，买南杂酒肉的，不在紧要处，能赊即赊，总不愿意拿现钱，你这里不赊，我就到别的地方去。店家为了生意，为了留住顾客，便也只好忍痛赊账。久而久之，本钱就会不够垫底，资金链就有断裂的危险。曾叔公见此也跟着着急，于是他撰了一首打油诗，用红纸书写好，帮我曾祖父贴于柜台边上，诗曰：

> 生意如同水转车，
> 出外无伞靠云遮。
> 石上栽花根本小，
> 任是亲朋我不赊。

诗是贴上去了，确实也写得委婉诚恳，文采飞扬。可旧时农村有几个识字的呢？来买货的还是赊账的多付现的少，因此我曾祖父的手头总是捉襟见肘，生活也就只能是紧巴巴的过了。

　　不知是先天不足还是极度缺乏营养，伯父长得特别瘦弱，只能做些烧火煮饭一类的家务零活，外出挑担靠力气挣钱的事儿他都干不了，上学读书就想都不敢想了。这样以活着为基本目的，我曾祖父勉强把他拉扯大，弱冠之年还为他找了对象成了亲，帮她建立了自己的家。到1949年解放后，国家扫除小商小贩，我曾祖父曾叔父的铺面均被关闭，伯父连同我父亲母亲一起，都成了人民公社的社员，在生产队里锄山挖石，面朝黄土背朝天，靠赚工分过日子。伯父体弱力微，人又老实，赚工分也是个二等劳力，别人拿10分一天，他只能拿到7、8分，到年终决算，他十有八九是个超支户，家中境况还是一贫如洗。记得那时买什么都要票，别人家买布缺少布票，他家的布票却有卖。买不起布，只能穿着补丁叠补丁的衣裳，卖了布票买油盐。

　　因为积贫积弱，伯父总是受人欺负，队干部看不起他，不良邻居嘲笑他，一年到头没有人与他来往。下地劳动他总是被派干杂活，又累又不起眼，工分还一直往下压。许是受人欺负太多的原因，伯父的性格变得很孤僻，平常不与人说话，一味埋头干活，人家与他吵架，他一般不还嘴，有气往肚里吞。在家则动不动夫妻赌气，一赌气就不说话也不吃饭，锄头一扛，饿着肚子上工去，留下伯娘在家埋怨流泪。在我的印象中，伯父就和我在一起时是另一种样子。我那时大约十四五岁，在村里也是被人瞧不起的"弱势群体"。因为我家人多劳少，境况贫穷，加上我又不谙农事，又从小体弱，所以常常受人欺负，劳动时也把我分在伯父的方阵里。只有伯父才看重我，我们在一起才会谈笑风生，于无边的冷漠中显出一点快活来。就连上山砍柴，本是各干各的活，那些身强体壮的老把式们，也忘不了显摆威风，一阵风来一阵风去，结伙而行。他们挑着一担令人钦羡的灌木柴火，高昂着头，直挺着腰，扭动着屁股，一闪一闪地，大步流星跃过村庄。而我和我伯父就只能避开他们的锐势，默默地砍伐在深山里。每当这时，伯父的话就多起来了，他总是眯缝着眼睛，咧着嘴，滔滔不绝地给我讲一些民间传说的人、鬼故事，也讲一些他外出修铁路修水库的见闻。那时我完全是个山娃子，从未走出过山乡，他讲的什么都是新鲜的。记得有一次，我们挑柴在路边歇火，我突然想起一件事，问他在马路上要搭别人的车是怎么表示的？他纠正说那叫招车，说着便挺直了身子，扬起右手，瘦削的脸上满是严肃，眼睛眯起，嘴微张着，煞有介事地向我做着示范。那又善良又有点滑稽的表情，至今留在我的心中，永远也抹不掉。

伯娘的性格很有特点，她老实巴交，却又快嘴快舌，且嗓门特大。搞集体时，妇女们都要下地劳动，生产队会分些相对轻微的活给她们干，比如锄麦子翻薯藤之类，阴雨天便集中到族屋大堂前择豆子剥油茶果等。俗话说："三只鲤鱼一塘，三个女人一房"，妇女们一集中，话就多了，每当这时，伯娘总是"声压群花"，不时逗起阵阵笑潮。那笑声里，有快乐，有附和，也有嘲弄和鄙视。

小时候在家族中，伯娘是最疼我的人。伯娘与我母亲走得最近，我出生后，她几乎天天要来抱我，到我能走路以后就经常"踔脚"，有一次伯娘有事不能抱我，我紧跟着她边跑边哭，结果一跤摔在石头上，差点摔瞎了眼睛，至今左眼角上还留下了一条疤痕。及至后来，我从部队回家探亲，到白桥街上去看望她，自然顺便到处走走，到吃饭时，她便站到街口，扯开嗓子，大声呼唤："元亚哩，吃饭啰，昩咯哒崽！"一街筒子都听得见，别人听了都在笑，可我心里却甜甜的，这呼唤，只有最亲的人才喊得出来啊！

伯父结婚后，十多年一直不育，总以为命不好。农村旧观念严重，像伯父那样又穷又无后，自然更被人看不起，自己也抬不起头来。后来省里的医疗队来到偏远山乡义务看病，医生一查，发了些西药给他们吃，果然一吃见效，当年就生下了一个男孩。村里的教书先生说，这个孩子是伯父夫妻想了十多年想来的，按法字辈取名，就叫法想吧。

少年时我不论在学校读书，还是在生产队劳动，一有空就会去伯父家玩。伯父家虽穷，但我感到很温馨，他们夫妻很实在很厚道，待人很仁和。我很讨厌那些盛气凌人的人，他们瞧不起穷人，总以为穷富会一成不变，不知道穷人也会有翻身的时候。他们才是真正的傻瓜！

伯父家的家境与幕阜山乡的穷人家基本一样，他家总共两间正房，一间作卧室，另一间就是包含一切的活动场所。卧室里除了一张木床一只木箱，别无它物。另一间靠门边砌了一方火塘，中间从梁上挂下一个推动钩，用来烧茶煮饭，冬天也用来烤火取暖。靠窗是一张八仙桌，一边贴墙，另外三边放了三条长凳。桌上有一个茶盘，几只茶碗，供自己或是客人泡茶喝。伯父夫妻对我非常好，只要有一点好吃的，总会留点给我吃，每年他家的红薯片、炒蚕豆等，我总要吃掉好多。到我长大后，能到十多里远的镇上挑脚了，每天一个来回能赚几毛钱，就会拿出一毛，买一分钱10粒的冬豆子糖，分给弟弟妹妹们吃，其中一定要留一份给想弟的。有时也会送一两粒给伯父伯娘口里，他们含着，眼里总是热泪盈眶。

伯父的命真是苦，山里人叫"苦到了笃"。想弟之后，伯娘又生了两胎，第二个养到四五岁时不幸掉到池塘里淹死了，气得伯父两次跳塘寻死。第三个出生不久，伯父就因贫病交加辞别了人间。他死时，我们这些至亲帮他料理后事，发现他家真是家徒四壁，几乎找不到一件值钱的东西。就连大队信用社的欠条，总共也就32元钱，全是一元两元一借，时间跨度达三、四年。那时要到信用社借点钱，也是十分无奈，信用社怕你还不了，一般是不借的，每次借两块救命钱，不跑断腿不受尽喝斥受尽白眼是拿不到手的。

伯父死后，伯娘不久就改嫁了，法想兄弟自然随娘下堂，去了七八里远的白桥继父家。两三年后，我迫于生计，也远离故土，到福建前线当兵去了。

后来从家父的来信中，陆续知道了一些想弟的情况。他的继父其实也是不会挣钱不会算计的人，要不也不会人到中年才娶妻成家。一下子增加了三口，负担也就猛然加重，家境当然也就捉襟见肘了。最为可敬可贵的，是他背负重压，还坚持放两个养子念书。想弟一直念到初中毕业，还考上了修水师范。在这里我一定要讲一下修水师范，这是一所县办的中等专业学校，规模不大，坚持办了十几年，终因财力所限关闭了。就是这么一所名不见经传的学校，却实实的体现了高质量高水平。修水师范毕业生中，至今已走出了许多县处级以上干部、颇具规模的企业家，还有一大批在业内崭露头角的教师、作家、书画家、诗人，其人才的比例大大高于一般的大中专学校。我把这说成是"修师现象"，其缘由颇值得考究。想弟毕业后分配在白桥小学任教，后来调入黄龙中学，他一直很努力，总是铆足了劲，要争一口气，终于升任黄龙中学的总务主任，也就成了地方上有头有脸的人物了。

想弟的奋斗历程是异常艰难的。一个一贫如洗没有家底白手创业的人，要经营好家务，特别是要完成娶妻盖屋做道场"三件大事"，谈何容易？我不知道他心里是怎么想的，探家时我们在一起他也很口拙，寡言少语，问及他，他只会微笑，淡然带过。听旁人说，他不仅认真负责地把书教好，而且几乎把一切业余时间都用上了，曾经做过用摩托车拉货、翻山越岭为学生照相等营生，以赚点外快弥补那可怜的几个工资。终于拼死拼活，埋头苦干，为两位老人体面地送了终，又在白桥街上盖起了新房，还把儿子培养上了大学。

　　酒席的规模不算大，但很热闹，远近亲朋都到了，脸上都露出蕴含深味的笑容。我看得出来，这些笑容并不是为一个大学生——而是目睹一个家庭的巨大变迁而产生的。我默算了一下，从伯公到想弟，正是三代，民间有"富不过三代"的说法，我想，穷不也穷不过三代吗？关键是看一个人有没有志气、自信心和勤奋精神。

　　"致酒辞了！"有人提醒我，我连忙端起酒杯，与族中至亲一起站立厅堂中央，听长辈高喊着对亲友来宾的谢忱。突然间，一种贫穷人家翻身的快感在我心里油然而生。

（2013年9月3日成稿于南昌孤云阁）

独行的境界
——让思想自由飞翔。

独行的咏叹

第三辑

咏时

寒秋一叶

    早晨，当我拎着收音机，来到江边晨练的时候，猛然发现那绿茵茵的草地上，竟躺着一片金黄的树叶儿，那叶儿是如此的美丽，像一个金色的心儿，在微风下款款地跳跃，似有很多的讯息要传递给我们。我不禁一阵惊喜，好呀，秋终于来了。

    我是极喜欢秋天的。春虽华美，但那孕育生命的过程并不轻松，你总得在一阵接一阵的梅雨的煎熬下，苦度过似死还生的日子；更何况万物复苏的时节，是切不可陶醉于观红尝绿的，因为生灵是异常残忍的，它们为求得一己之生存，总要以各自的方式掠夺着别人的生存权利，稍不注意，或是以君子之怀处世，就极有可能遭受另一生灵的涂炭。譬如有的花香便是杀手，有毒的蘑菇足可置人于死地，等等等等。这就是春的艳丽之后暗藏的杀机，委实令人望而生畏。夏天呢？好像是老天对芸芸众生尔虞我诈勾心斗角刀光剑影互相残害实在忍无可忍了，一怒之下发出天威，以滚滚的热浪来实施惩罚。然而天公有时是极其愚蠢的，他老人家哪里知道，他的戒尺，往往打在真善美的身上，而让假恶丑溜之大吉了。瞧：炎炎烈日下，土地龟裂了，花儿打蔫了，稻子枯萎了，鹿羊发慌了，农夫遭难了。而野蒿们却占尽了湿地，依然笑咪咪地挺拔着；蚊虫们高兴地一边歌唱，一边恶狠狠地饮着别人的鲜血……冬天就更不用说了，那残酷的寒冷，不是把所有无辜的生灵都逼入了绝境吗？

只有秋天，才对弱者有那么一点点公平和慰藉。当秋风秋雨来临时，那些害虫们毒草们也不得不收敛起歹恶的心肠，招架着即将到来的寒冬之挞伐；而经过了酷暑的煎熬，一切孱弱的生命都可以喘出一口粗气——终于活过来了！终于可以尽情地享受这唯一不受金钱制约的秋日的凉爽，还有那许多经过辛勤劳作得来的收获。

第一个报道秋的信息的是那飘落的叶儿。当夏季显得异常漫长的时候，人们总是对秋天翘首以盼，我就是个最典型的例子。走在烈日下，瞧着那悬挂在丝云不存的天空的太阳，便在心里算着日子。先是过了夏至，想还有五、六个节气啊。待到立秋了，眼见逼近处暑，心里就有点等不及了，每晚的天气预报，总要细心看着，听着主持人斯文的介绍。一看自己生存的那块土地上，讨厌的太阳笑脸被云、雨取代时，便一阵轻松。可是到了第二天，天气却还是那么闷热，便按捺不住性情，不免焦躁起来。往往在你不经意间，吹来一阵凉风，飘下一阵细雨，才真正体会到"一场秋雨一场凉"的滋味儿。这时，院子里的地上，便会铺上日见增多的金色的叶子，就像一位诗人，正在一行行地书写着优美的诗句，我们呢？也在一点点地进入浓浓的陶醉之中。见到这些秋的使者，叫人怎不顿生爱抚呢？

秋叶是微不足道的。在路边，它会被行人带起的微风刮得四处飘散，在院子里，它每天被人扫进垃圾堆，或被一把火烧个干干净净。它远远比不过那些总是被人歌颂的金黄的谷子、雪白的棉花、滚圆的大豆，甚或并不值钱的硕大的山芋。然而，它却又具有自身独特的价值，这价值，对于一些人来说一钱不值，根本进不了视野；而对于另一些人来说却又是那么难得，弥足珍贵。比如，当你在秋天置身丛山之巅，远眺那万顷林海时，往往发现在偌大一片绿海之中，间或有几树红了的枫叶，恰如在碧水蓝天的陪衬之下亭亭玉立着起舞的姑娘，真是美不胜收，这才是"霜叶红于二月花"的境界啊。记得小时候，每到深秋，几场北风刮过，我们便跟了大人上山扒松毛。那一根根细长的针一样的松叶，在拼足气力装点了大山春夏的美丽之后，生命也就终止了，在风的携带下，默默地躺在黄土地上，堆积成厚厚的一层松毛，像一床铺开的暗红色的地毯。我们只需半天工夫，便可扒上一担，颤悠悠地挑了回家。那东西好烧极了，又干燥，又含有松油，用它烧出的饭菜，喷香的，特有风味。你看，这秋天的叶子，就是死了，也还在造福人间呢。

　　眼下，看到这飘落的一片秋叶，我不禁伤感起来。它生为绿色，为什么在死后是金色或红色的呢？难道也有一场生死劫难？难道是向天地献尽了一切，只剩下一身筋骨和一腔热血么？当它在枝头发芽的时候，人们为春的到来而欣喜；当它用浑身的力量，撒下一片浓荫的时候，人们为置身夏日的凉爽而舒心。然而到了秋天，人们用不上它了，也早把它过去的努力过去的辉煌过去的一切功绩全都忘却了，它便成了世间的弃儿。这时，它是那样的孤立无助，随风飘荡，到哪儿算哪。它深知它来自土地的滋养，知恩报恩是它的秉性，于是它总把土地作为归所，万念俱灰地、平安静寂地候着，等待寒冬腊月冰封雪冻之时，再腐烂了自己，肥沃着土地，为来年的发芽成叶奉献出最后的一点能力。啊！你这兢兢业业的秋叶，你这一无所求的秋叶，你来到这个世上，究竟是为了什么呢？为的只是装点大地、美化人间，承纳污浊、广播清新，把红花衬托得秀美动人，自己却默默含笑躲在后边。这，就是你一生的追求么？如果说普天之下，真的注定了有专事奉献者，有只顾索取者的话，那么这寒秋的落叶正是奉献者的典型写照。

当天下午，翻报纸时看到了一则消息，说是某地发生森林大火，连绵几十公里，势不可挡。当地出动大批军警扑救，火势仍在蔓延。起火原因正在调查之中。我想无非是一个烟头或一点火星，引发了那干枯的秋之落叶，这是显而易见的事。报纸还告诫人们，秋天里，天干物燥，千万小心火烛。

是啊，一片落叶自然不足挂齿，任是怎么弃置均无大碍。可落叶多了，力量就大了，再弱小的东西遇了气候，也是能干出惊天动地的大事的。

（2002年10约20日作于南昌三纬书屋）

也说遗憾

走过的路，有没有走过弯路？做过的事，有没有做过错事？交过的朋友，有没有看错过对象？

所爱的人，是不是不曾牵手？心中的梦，是不是不曾实现？远大的理想，是不是难以达到？

人的一生，总有许多遗憾。谁都可以摆出一大串，谁都会吃后悔药，自己扼腕叹息，别人摇头嘘唏。

可我以为，所谓遗憾，不过是人的主观认识而已。其实人生真正的遗憾，就是心中有了遗憾！

以我为例，从人生最重要的前途命运来说，回顾我的历史，朋友们也曾叠着指头，说得出几个遗憾来。

有人说，我年轻时不应该当兵。因为我在当兵前，就是任教了5年的民办老师。上世纪80年代，从民办老师中选拔到官员队伍工作的比比皆是。我如果被选拔上来了，从基层干起，说不定会干出大名堂来。我淡然一笑，这么遥远的故事，谁又能想得到呢？我说这个遗憾，只能说是设想的遗憾。

有人说，百万大裁军时，我不应该要求调到省军区，如果从野战部队一路上去，说不准早就是将军一个了。这我倒有点认同。因为我的战友中，现在已有几个升到了军级岗位，将星闪耀了。但也只能作为类比，并不能说明我必然能晋将。这个遗憾，姑且认作可能的遗憾吧。

有人认为我千不该万不该，不该从组织部门调到文化单位，自己把自己的前途给葬送了。我哑然失笑，心想这是朋友们不了解我。人各有志，虽然组织部是个权力机关，可以说灼手可热，光鲜照人，但个中滋味，只有"套中人"明白。鱼得宽水则活，木生山野成材，我感到我搞文化最能发挥我的优势，最能展示我的特长，也最能安抚我的灵魂。我觉得有意思，得其所，便是好的。当然也有所失，比如官运就基本不通了，这个遗憾呢，也就是个得之不喜失之不忧的遗憾而已。

还有人认为，我只会埋头拉车不会抬头看路，只管做事不去跑官要官，结果就只能是守株待兔，最终眼看着别人一个个前进了，自己却只有靠边稍息的份。真是沉舟侧畔千帆过，病树前头万木春。我哈哈大笑，想我这辈子有很多缺陷，唯有一个优点，就是从来没有跑官要官！我认为，人其他的东西可以没有，但不能没有尊严，不能没有脊梁骨，不能丧失人格。若是为民请命，我可以屈尊求人；但若为一己私利去做讨好卖乖行贿奉承的事，打死我也不干！回首履职往事，我确实无愧无悔，万事俱备，只欠跑要这点东风。若因此提拔不起来，我只会感到光荣，感到骄傲，试问何憾之有？要说是遗憾，我看就叫自豪的遗憾吧！

如此看来，所谓遗憾，本无所谓有，也无所谓无。黑格尔说，凡存在的就是合理的，以此类推，是不是凡选择的就是有理的？

有两则故事颇值得玩味，兹录于次：

故事一：从前有个人买了一口大水缸，扛着往回走。路上不小心摔了一跤，把水缸摔破了。他爬起身，拍拍灰，头也不回往前走。旁边一人见了很不解，说你这人怎么这么舍得，买口新缸摔破了，连看都不看就走。买缸人说，我看了能合上吗？旁人说当然不能。他说既然不能合上，我岂不越看越生气，能管何用？还不如赶快去做别的事啊。

故事二：有一人挑担上山岭，担子确实很重，他在楼梯般的山路上，一级一级艰难地攀登。上到中途，遇到一个熟人，那熟人满腔热情地与他寒暄，又问他从哪里挑来的，又问他挑的是什么东西，又问他有多重，等等等等。可挑担人却一个字也不哼。那熟人不高兴了，说你今天是怎么了，我跟你说了这么多，你却闭口不开。挑担人这时停了下来，擦一把汗，瞪他一眼，说：你来挑，我来问，怎样？那熟人张大了口，竟也说不出话来了。

怎么样？从这两个故事中能悟出点什么吗？

（2014年6月11日作于南昌孤云阁）

男人手中的风景

　　说女人喜欢炫耀不假，无论古今中外，她们都爱把金银珠宝一股脑的往自己头上手上甚至是脚上身上戴。特别看到那些带有自虐性的戴法，如在舌头上、嘴唇上、肚脐上打洞，穿上各种饰物时，总是会令人不寒而栗。而她们的手上也是不会闲着的，总会有个不同款式不同质地的小包，或是拎着或是挎着，以显示自己高雅尊贵的身份——不论那包里面装的是钱卡还是纸巾。

　　而男人就不同了。想象中，好像男人很少打扮，除非办事所需，一般手上是不会拿什么闲物的。从古书上看，乱世时期，外出男人中，有些功夫的，都会拎了一根哨棒，抑或腰间挎了一把腰刀，手上再提一提跨国戟，那也是防身的需要。只是到了近几个年代，中国男人不知何故，总是想在手上拿点东西，似乎也能仗此显示自己的身份。

上世纪60年代以前，限于我的见闻和记忆，男人们拿的什么我还不知道。

70年代，他们手上拿的是半导体，边走边收听电台的广播。记得我们在乡下的伙伴中，有一个是从县里下放来的，他就带来了一台半导体，砖头大小，装在一个黑色人造革包里面，很是精致。每当我们到哪里去玩的时候，他总是要拿在手中，边走边收听广播，一路上时说时唱，招来路边屋子里人们的惊奇，小孩子们还会一路跟着，直到很远。我们和他走在一起，当然也会感到有点了不起，胸挺得特别高。我们这个伙伴很大方，有时我们想借去听听，他总是立马递过来，于是这台收音机就在我们几个的家中轮番炫耀，来回的路上拎着它，也成了一种时髦。

1980年代，男人们手上拿的是三用机。那时改革开放刚开始，国内市场上物资还比较匮乏，所以东南沿海走私的很多，有冒牌的手表，有超低价的化纤布料、折叠雨伞等。特别是家用电器，可以说是应有尽有，只不过鱼龙混杂，优劣难辨，碰得好能拣到大便宜，比如花几百上千元，可能买到一台彩色电视机，也可能买到一个壳子里的几块砖头。那时走私量最大的是三用机，是用来放卡式磁带的，有俩喇叭的，有四喇叭的，高档些的是六喇叭或八喇叭的。由于价格低，基本上不会买到假货。而且那时从台湾传来了以邓丽君为代表的通俗歌曲，词曲都有别于大陆的民歌，很受年轻人的欢迎。虽然这些歌曲当时是受批判的，说是"消磨斗志的靡靡之音"，不允许传唱。但这阻挡不了年轻人的热情，到处是躲着学偷着听的，他们所用的工具便是这种三用机。这时的年轻人最有特点，头上梳着飞机头，身上穿着喇叭裤，脚上蹬着尖头皮鞋，骑着一辆自行车，再加上手上那台三用机，三用机里播放着哭天喊地的流行歌曲，真的是酷毙了。

　　90年代，男人们手上拿的是大哥大。那时无线通信已悄无声息地来到了我们身边，立刻给我们以极大的震撼。以前我们在外工作的人，与家里联系基本上只有电报一种方式，长途电话都不通乡村。常常车辆晚了点或是没买到车票，就无法及时告知，害得家人着急和苦等。我有时想，要是能利用铁轨为电线，在火车上装上电话该有多好！可一晃几年过去，手机就来了。先是试探性的，机子

很大，握在手上很沉，价钱也高得惊人。后来就有如洪水般的铺天盖地而来，迅即普及到了全国各地。那时男人们的手上真的是一道风景，有握着裸机的，也有用真皮小包装着的，走到哪里提到哪里，即使是后来大哥大换成了小手机，他们也喜欢握着，而不愿意装进口袋。直到他们胯下的自行车换成了大摩托，继而有的又换成了小轿车，方才把手机别在腰间，或是装进口袋。

到了21世纪初，男人们的手上已换成了手提电脑。电脑和互联网的出现，的确是一场超乎寻常的革命，它们用多媒体和光纤，硬是在我们这个有形的世界之外，又创造出了一个无形的世界，而且这个世界光怪陆离，亦真亦幻，叫人不可捉摸。它们使这个世界变成了平的，地球变成了"地球村"；它们给人们的工作生活提供了极大的便利，一机在手无所不能。于是，文人们丢掉了握了千百年的笔杆子，写文章变成了打文章；科技人员不用使圆规算盘，不用划表格打草图，一切都在电脑上搞定。新世纪的男人，不能没有电脑，也离不开电脑了。他们可以整夜整夜地像夜猫子一样地盯在电脑屏幕前，白天走到哪里又要把电脑带到哪里，否则他们就无法工作无法生活。不过这些人的脸上基本上都是架着厚厚的眼镜，都有一副憔悴消瘦的面容。这不能不是一个令人深感担忧的衍生现象。

屈指算来，男人们手中风景的变化，到现在也就是30余年时间，这变化来得如此之快，如此之大，的确叫人眼花缭乱。我们不能不慨叹，这时代的脚步真是快得惊人，社会的发展真是一日千里。透过这个小小的窗口，我们是不是有些启发呢？

（2008年10月19日作于南昌三纬书屋）

南洋雨树

　　我们知道，东南亚的热带雨林，盛产名贵树木，但那是稀有的。像橡树、榉树、水犀柳等，都生长在深山之中，且数量极少。至于红木一类如大叶紫檀、小叶紫檀、花梨、酸枝、鸡翅木等，就更难觅到芳踪了。见得最多的，还是南洋雨树。

　　南洋雨树真的很普通，几乎随处可见。在山野里，她们成群结队，满山遍野，一眼望不到边。在城市里，她们是街道上的风景，那么有序地一排排挺立着。或是在院子里，在公园里，在运动场边，在绿茵地上，三五成群，也可能是一枝独秀，站在那里默默无语。

　　雨树有着特别的身姿。她粗壮高大，枝繁叶密，树冠就像一把巨大的雨伞，一棵树就是一片好大的绿荫。东南亚接近赤道，是个炎热的地方，人们需要避暑乘凉，她们就是最好的遮荫挡阳之物；东南亚的雨水特多，常常一天要下好几场，人们走在路上，弄不好就会淋成落汤鸡，而雨树就能给你提供躲雨的地方，起码可以避免短时的雨水冲击。难怪东南亚国家要在城市里广植雨树。

雨树的性格是倔强的。她的长速很快，就像速生林。许是她们感恩于热带那充沛的雨水，感恩于那毫不吝啬的阳光，因此她们一经落地，就可着劲地生长发育着，一眨眼就成长为参天大树。为了尽可能多地给人们带来阴凉，她们总是努力地伸展着枝干，努力铺排着树叶，那密匝匝的叶儿，几乎快把树枝压成90度的直角了。我有时真的很奇怪，为什么这么孤单的身躯，支撑着这么巨大的树冠，却很少被风刮倒呢？要知道东南亚的热带风暴是常见的啊。后来我发现，雨树的根是很大很深的，为了抓住大地，取得坚忍不拔的气力，她们是那样的用功使劲，以致在树的底部，可以明显地看到因发力而爆出的部分，就像健美运动员比赛时所展现的坚硬肌腱。

我终于明白了，南洋雨树没有华丽的外表，没有惹人的妆扮，没有花，没有果。她就是一棵树，一棵极其普通的绿树。可她有着可贵的奉献精神，有着一颗赤诚无私的心。她以一片宝贵的绿色，装点着城乡山野；她用屋顶一般的身躯，默默为人们奉献凉爽；她用雨伞一般的冠盖，给人们抵挡风雨的侵蚀。她把全副精力毫无保留地撒在了热土之上；她以雄壮的生命之歌，唱出了一曲曲奉献者的最强音！

我们在南洋理工大学学习的一班同学，几个月结业之后，大家整理所拍的异域风光，竟然绝大多数不约而同，都是拍的南洋雨树最多。至今翻看起来，总有一种亲切的滋味涌上心头。

（2009年1月3日作于南昌聆赣轩）

另辟蹊径

　　人到中老年，阅历多了，朋友也多了，往来之间不乏"忘年交"——年轻的朋友。与他们在一起，我总是非常高兴，因为我觉得自己也年轻了许多，充满了朝气，充满了希望。

　　久而久之，我发现了一个青年中普遍存在的现象，这就是在人生的旅途中，喜欢挤"独木桥"。比如大学毕业后，大都想进入公务员队伍从政；"下海"嘛便又喜欢应聘进好的大公司，追求可观的年薪收入，等等。当然，能如此愿有何不好？可是大千世界，芸芸众生，倘都来分享这块"蛋糕"，总会有很多人端空盘子转身的，这是客观规律。

　　那么不挤这座桥又有何办法呢？朋友们往往发出这样的提问。

　　是呀，我又有什么锦囊妙计能告诉他们呢？

忽一日翻书，读到了牛仔裤的故事，觉得对此很有点启迪。

19世纪中叶，是美国西部大开发的历史时期，当时人们蜂拥而至，一齐赶去那里淘金。的确，当时西部能最快最多赚到钱的行当就是淘金。可是恰恰就有这么一个年轻人，他千里迢迢来到西部，却没有随大流去淘金，而是在淘金者集中的地方开起了小店铺。这小伙子名叫列维，聪明好学，勤于动脑。他到西部后，发现很少有人经营日用消费品，便来了个拾遗补缺。显然，小店开得很红火，深受淘金者的欢迎，他赚的钱竟比那些辛苦艰险的淘金者还要多。

有一天，一位淘金者到列维店里购物。向列维诉说道，金矿里的工作对裤子的磨损太厉害，他的裤子才穿了不到一个月就破了。说者无心，听者有意。列维想，能不能为淘金者们做一件耐磨的裤子呢？于是，他找来了厚而坚的帆布，制作了一种特殊的短裤，并且多缝了两个大口袋，以方便淘金者放金子。果然，这种裤子一上市，就被购买一空。后来列维又进行了市场调查，发现当地蚊子很多，许多淘金者的腿上都叮咬得很厉害，于是他又将短裤改成长裤，更受淘金者的欢迎。再后来他又用一种更柔软的布料代替了帆布，逐渐形成了后来的牛仔裤。在以后的几十年上百年里，牛仔裤风行整个美国，并且走向全世界。自然，列维也就成了名冠全球的大富翁了。

我想，列维的故事对我们的启发，最重要的恐怕就是他的"另辟蹊径"了。当人们纷纷挥锹向大地要金子的时候，当舆论热传着淘金者发财的消息，激励着人们趋之若鹜的时候，列维却保持着冷静的头脑，保持着良好的心态。他并不赶热闹，而是找冷门；他并不随大流，而是找新路子；他并不眼红别人的所获，而是寻找自己的应得。这样他才能在众人不起眼的地方找出商机，发掘出潜藏的机遇，成就自己的宏图大业。毫无疑问，列维是伟大的成功者。

我曾在一篇文章里写过这样一句话："机遇就像水中的鱼儿，不停地在你面前游过，关键就看你能否抓住它。"抓住的条件是要有过硬的本事，更要有良好的心态。如果大家都朝着一两种鱼去抢抓，自然就难免有失败者，甚至一些抓鱼好手也只能望洋兴叹。那么，你为什么不去发现、抓住那些尚未被人发现的鱼呢？市场经济的制胜法宝是"人无我有，人有我优，人优我新，人新我变"，干什么事不是如此呢？

　　机遇与年龄也是有关联的，愈年轻，从你面前走过的机遇就愈多，可供选择的事业也愈多。我想对年轻的朋友们说一句：学学列维吧，千万别在一棵树上吊死。成功的秘诀往往就在于另辟蹊径。

（2002年8月2日作于南昌三纬书屋）

期盼

　　常闻有人不满现状，期盼能满足自己的欲望，在享受上更上一层楼。俗话说"人往高处走，水往低处流"，想活得更好是无可非议的。但也要切合实际，期盼如果变成了幻想就会一事无成。因为世上再好的东西，也会有它的弱处的。这使我想到了一则笑话——

　　有两个叫花子要饭走累了，在一堵残墙下歇脚，此时腹中饥馑，身上乏力，很是难过。于是其中一个就说："下辈子我怎么也不再变成一个叫花子了，这要饭的日子委实难熬。"

　　"那你想变什么呢？"另一个叫花子问道。

　　"我呀"，他抬头望天，想了片刻，说："什么最大就变什么。"

　　另一个叫花子也望着天空："那么天最大，你难

道想变天么？"

"我就变天！"

"可天会被云遮住的。"另一个说。

"那我就变云。"

"云会被风刮跑。"

"那我就变风。"

"风会被墙挡住。"

"那我就变墙。"

"墙会被蛇打洞。"

"那我就变蛇。"

"蛇最怕叫花子打呀！"

"那我就……那不还得变叫花子？"

　　这个叫花子的问题就出在把事情看得绝对化了，而世上万事万物是绝不可能有绝对化的。好的里面有缺陷，差的里面有优势。人的思维如果一味追求绝对的好，一有不足就全盘否定，甚至抛弃，那就会失去很多可以得到或已经得到的东西，希望也会在一次次的失望中破灭。

　　叫花子要改变要饭的命运，成为一个幸福快乐的人，途径只有一条，那就是通过勤劳和智慧去获取力量，以力量打造出属于自己的美好生活。光靠幻想是决不可能获得的。这是其一。其二呢？须知任何境地，哪怕旁人看似完美无缺，也是不可能十全十美的。再美的宝玉也会存在瑕疵，常胜将军也会打败仗，甜到极时便是苦，富到流油就成灾。不信你看，不是谁都想多休息少干活么？可动得太少的人会得病，于是城里才有那么多的人锻炼身体，一个个扯着鸭公嗓子喊歌，扭着丰乳肥臀跳舞，或是跑步爬高挥拳弄剑，累得汗流浃背气喘吁吁。不是谁都想吃得好么？可山珍海味吃多了，血脂胆固醇尿酸血糖的高指标便来光顾，叫你不得不改食粗茶淡饭，野菜草根苦得皱眉糙米杂粉噎得伸脖还直说绿色享受。现在科技发展快得惊人，人们居室的装修由过去的石灰杉木板逐步变成了复合地板榉木板刮瓷乳胶漆。漂亮是漂亮了，但是专家一句话，吓倒好多人：这些东西里面含的有毒物质太多，大有致癌致命的可能。你瞧，好与坏不是存在于一个统一体么？

再从大的方面说罢。工业发展了，环境却污染了；城市变大了，空气却浑浊了；科学技术到了可以克隆人的地步，人类却面临着伦理丧乱生殖紊乱繁衍混乱的灭顶之灾，有识之士包括大国富国元首都疾呼不能这样干下去了。所有这些，不都是人类越来越异想天开？换句话说，不都是吃饱了撑着举起石头砸自个儿的脚为自个儿在掘着坟墓吗？

由此看来，人类的悲剧，恐怕最终是在于好高骛远、异想天开。对于个人来说，还是应该安于现状乐于已有的条件为好。一边奋斗着，一边快乐着——这么过日子这么活下去应是最理想的。

哪怕是个叫花子亦如是。

（作于2002年5月作于南昌三纬书屋）

都市之烦恼

与友人闲聊，聊出一则笑话：

某 A 与某 B 到朋友家玩，某 A 动作快，进门后即把朋友家的防盗门关上，取笑某 B 不得进去。不想某 B 沉思有顷，蹦出一句："不知是把我关在外边呢，还是把你关在里边了？"

某 A 愕然。

笑过之后也就罢了，不料到我装修居室时，这个"关"的感觉却如此挥之不去，叫人好生烦恼。

奋斗几十年，好不容易分了一套房子，自然是倾其积蓄，咬紧牙关装修一番的。累得半死之后，才发现自己被"关"牢了：前后左右四面八方，一律铁栅栏封闭，还美其名曰"防盗网"，本来阳台是眺望景致的一个绝好所在，偏偏被铁条挡住。早晨起来打开窗户，理应神清气爽，却又见一张铁网当头。整个居室俨然一只大铁笼子，恰好把自个儿关得严严实实。仅有的一点生活兴致也扫得踪影全无。坐于室内，很有坐在牢房里的感觉，一扭头见到盼盼门上那只笑哈哈的小熊猫，气便不打一处来。

这么说来是花钱买烦恼，何苦呢！想想倒也是，自己乃一介书生，不说家徒四壁，但既无存款又无金银，几件破家具能值几个钱？可是又听说如今的梁上君子脾气太大，进来后收不到经济效益，便要把你的彩电搬到水龙头上冲澡，把冰箱放倒了睡觉——不给我，你自己也别想受用。得！工薪阶层添置点电器还是从筷子头上省出来的，不如看牢了好，也免了小偷先生出身臭汗。

现代人活得宽裕不假，但要说活得潇洒却不敢恭维。单单一个"防"字，徒费了多少人的精力！自行车前后装锁以防偷，女孩子腰别防身器以拒暴。汽车也发明了什么防盗器，稍一碰上就呜呜呀呀鬼叫。防撬门的技术越来越高，以致于名字都叫到了"铸城"，怪吓人的。不这么费心不行呀，不是说南昌一位好心人在街上放了几百个打气筒，一夜过后竟所剩无几么？大连一个公园边上的几十盏装饰灯，也是被卸得七零八落。有次我妻子买了一把小白菜，值五毛钱，放自行车头的篮子里，进商店时将车锁于街头，料想这点菜该没人要吧？谁知出来时也不翼而飞了，真是哭笑不得。

有时真想不通，中国不是号称礼仪之邦么？几千年的文明进化，到如今怎么变得这么"跌"呢？儒家认为仁义礼智信乃立身之本，自然也应是立国之本。试想一个社会，人与人之间不讲仁而行诈，不讲义而好斗，不讲礼而恃强，不讲智而倚力，不讲信而互讦，则必然导致真善美没有市场，假恶丑横行天下，这日子还怎么过下去？社会治安靠法靠警是不错，但最重要的恐怕还是靠"道"，靠人的素质的提高，这是现代社会的渴望，也是人格国格的呼声。

　　"精神文明搞不好，物质文明搞上去了又有什么用？"邓公此言，切中时弊。假如有一天，都市里再也不见了楼厦的那些铁笼子，人与人之间再也不用过多地互相防着，该有多好！

　　　　　　（1998年12月作于南昌三纬书屋）

戒烟记

"你若戒得了烟，我便戒饭！"妻子听说我准备戒烟，颇不以为然。

"你若戒了烟，我就戒零食！"零食是女儿的至宝，半天不吃都不行的。

妻、女的断言不是没有道理的。她们都知道，我吸烟的历史至少有三十年！平日在家里，到了该吸的时候，我便义无反顾地狂吸，特别是有了写作任务的时候，右手一提起笔，左手就要有一支点燃的香烟，否则那笔尖就凝固了似的出不了字。

记得还是十四五岁的时候，我便开始"学坏"了。那时在山村，除了缺吃少穿之外，最烦心的就是生活枯燥。文化活动嘛，只剩下偶尔有一场小电影，而且还要跑上几里、十几里山路，在露天站着观看。看的片子又大都是老掉牙的几部，反反复复，有些都快背得出来了。舍此就无别的。于是大人们便在劳动之后的夜晚，或是下雨天，"扎堆"打坐。手头用以自娱自乐的唯有一支用小竹笺做成的土烟管，一盒自制的土烟丝，你吸了传给我，我吸了传给他。我们在一旁看着，煞是有味道。于是便不三不四的也接过来呛两口，久而久之，烟瘾就这样染上了。三十年来，吸过的烟牌子不计其数，从九分钱一包的"经济"烟到几元钱一支的"大中华"不等。有时晚上加班到深夜，一摸口袋，烟吸完了，买又没处买，情急之中，只得捡了地上的烟屁股，简单处理一下，用写材料的纸一卷，将就着又吸上了。

就这么支"大烟枪"，能戒得了吗？说实在话，不仅别人不相信，就连我自己也没有把握。

可是不戒吧，眼看吸烟的弊端越来越大，几乎到了"无处可逃"之境。比如，现在上班都是封闭式调温，一吸烟就乌烟瘴气，同事闻了苦不堪言。会议室大都挂了"禁烟牌"。出差呢？小车摇上窗玻璃，不能吸烟；火车、飞机上禁止吸烟；连候车候机室也不准吸烟。以前进了家门算是自由的了，晚饭后，我常常是电视开关一按，一支烟一杯茶，南门北窗一开，空气对流，啥也不忧不虑，只管美美地享受生活。可后来分了新居，一装修，整个封闭了，吸上几口烟，全闷在屋里，甭说家人讨厌，自己也恶心。到阳台上吸倒是可以，可我吸烟偏又穷讲究，吸的是个心情，边写文章或边看电视或边与友人闲聊，边点燃一支烟，优哉游哉，其乐无穷。倘单为吸烟而吸烟，过一下瘾再进来，那滋味儿差得就太远了，还不如不吸。

这么一来，我便下了决心，非戒不可。

我戒烟用的是"低调"，实行"三不"政策：不对外宣布，不强制自己，不砸掉烟具。自己口袋不装烟，朋友递烟时，以"等会儿再吸"婉拒。烟瘾上来时，在心里对自己说，再坚持一下，过一个钟头来一支。等压下了这一阵瘾，便可坚持一两个小时了。如是三番五次，把所谓的意志、毅力具体化、分解了用之。还别说，这一招果有效应，眨眼已快三年了，我还真的不知不觉把烟给戒了。无论是以前写作最难的时候，还是茶余饭后朋友相聚最需要的时候，我都可以辞别香烟，即使偶尔难却友人"盛情"接了一支点上，也是喷喷烟雾而已，决不会重新被"拉下水"的。

这一来，妻、女惊讶不已，朋友们也颇为佩服。我自己在心里嘀咕，这就叫"无为而治"吧？其实干什么事都同此理。对自己下决心要做、且公认是做得对的事，应一步一个脚印地扎实去做，千万不要过于张扬，过于刻意追逐。实在挺不住时，不妨允许放弃，但决不轻言放弃。成功往往就在这样的"再坚持一下"的努力之中。你瞧，周围多少瘾君子，有郑重其事宣称戒烟的，有把库存香烟送给他人、砸烂烟具的，有对天发誓再不吸烟的等等，可过不了几天，却又按捺不住，复辟了。这样的雷声大雨点小甚或不落雨，就有百害而无一利了。

前不久一位大学毕业刚走向社会谋生的朋友来访，问我：这年头安身立命为何这么难？人生究竟应该怎么克服诸多困难？我就举了我戒烟的例子。我说做人难，古来就如此，并不奇怪。要想实现自己的理想，干出一番事业，没有不难的。如果说有轻而易举得到的，那就是一些以父辈祖父辈为靠山或搞不正之风的，他们可能得意于一时，甚或一辈子受益。但有两点是铁定的，第一是他们有极强的寄生性，经不得风吹浪打，一旦"靠山"没了，更大的苦难便接踵而

至；第二是他们所收获的惟有物质的享受，根本谈不上精神、事业、作为、进取，且这样的"享受"又只能是灯红酒绿、纸醉金迷，决无快乐可言。快乐是什么？快乐是劳动之后的收获，是创造之后的拥有，是疲惫之后的安慰，是拼搏之后的鲜花。这一切，那些寄生虫们、那些投机取巧者流是得不到的。不信的话，找些因此而成为囚徒的忏言悔语看看，便能证实。自古伟人出贫贱，从来骄奢少成才。所谓"宝剑锋从磨砺出，梅花香自苦寒来"，正是历尽艰辛求来成功的形象写照。怎么克服人生旅途的困苦，到达理想的巅峰呢？我看无非两条，一条是信念，一条是意志。在冷静地分析自己的优势所在，认准了一个奋斗目标后，就要对自己充满信心。绝不要妄自菲薄，碰到一点难处，就以为我不行，就丧失信心，丧失对自己理想、追求的信念，那样就会一事无成。那么在奋斗的过程中，又绝对会遇到困难，正如马克思说的："在科学上没有平坦的大道，只有不畏劳苦沿着陡峭山路攀登的人，才有希望达到光辉的顶点。"这就是说要具备坚定的意志，不能动不动就打退堂鼓，像《西游记》里的猪八戒，一遇到妖怪就要分行李散伙，怎能取到真经？现在回忆起我的戒烟过程，是有很多次的意志较量的。遇到孤寂、心烦、苦闷，或是兴奋、悠然、自得之时，往往想美美地吸上几口。有时凭窗而立，若有所思，心想我这一生，不唱歌不跳舞，不打麻将不垂钓，就这么一点爱好，何苦又断了"食路"呢？于是真想算球，吸了吧。有时朋友们在一起吞云吐雾，高谈阔论，自个儿似乎有点冷落，很不是个滋味。就是到了现在，我闻到烟味还是香的，可以肯定，只要思想上稍一放松，烟魔王就会把我的意志击倒，使我三年之功化为乌有，岂不惜哉？可见意志的坚定不是说说而已，也不是五分钟的热情，而是要持之以恒、一以贯之的。

其实，我在劝那位青年朋友的同时，也在给自己鼓劲，因为我戒烟的故事并没有讲完，还要"且听下回分解"呢。也许这就是信念与意志的磨炼！

（2002年8月11日作于南昌三纬书屋）

读书的故事

从前有两兄弟，都爱读书。哥哥读的是《水浒传》，弟弟读的是《三国演义》。闲暇时，哥哥总是告诫弟弟说："你应该多读《水浒》，那里面讲的都是仁义礼智信，做人就是要讲诚信。而《三国》里面奸邪太多，读了没啥好处。"

"哥你说得不对，"弟弟摇了摇头，笑着说："这年头讲诚信有啥用？走出门去哪个不是一肚子坏水？你不留神点就会上当的。《三国》里面多少好的计谋啊，说不准学到了都能派上用场哩！"

就这样谁也说服不了谁，二人继续反反复复地读着各自的书。

一日，哥哥告诉弟弟，说他有事要进一趟城。弟弟要他当心，少惹事，早点回来。哥哥还笑他多虑，不屑一顾地出门了。到下午回到家时，只见他垂头丧

气，茶饭不思，叹气不止。弟弟忙问：这是怎么了？碰上了什么不
称心的事？哥哥遂从头道来——

　　原来这一天外出，他碰了一天的钉子、赔了一天的冤枉钱不
算，还讨来一肚子的鬼气。他先是去了一家汤圆店，想吃早点，不
料刚在灶台上转一下，就被一个挑水的汉子无端揪住，大叫："老
板过来看，这个人吃了汤圆不付钱就想走"。原来这店老板极心
细，炸熟的汤圆他都有数的。这天挑水汉早起挑水，趁旁边无人偷
吃了一碗，正愁无法过关，恰逢看《水浒》的哥哥进来，便栽赃到
他身上。哥哥被老板和挑水汉纠缠不过，心想还是以义为重，不要
为几个钱把事情闹大，便忍气吞声赔了十个铜板了事。

　　早点没吃成，反受一肚子气。哥哥闷闷不乐来到瓷器店，想
买几只碗呀什么的。进店一瞧，但见当街的柜台上，摆了各色各样
的瓷器，他顺手拿起一只花瓶看看，不料手往上一提，却提起了半
只，下半只纹丝不动。正惊奇间，店里冲出店小二，一把拖住说：
"好呀，你打破了我的花瓶，别走，与老板见！"一边只见老板
抢出店堂，连声要赔。哥哥真是有苦说不出，只得又掏出了冤枉银

子。出得店门，旁边一个讨饭的悄悄告诉他，说那店小二早晨起来打扫卫生，弹柜台上的灰尘时不小心把花瓶碰翻了，摔成两半，因怕老板知道了坏事，就按原样放好，只等哪个倒霉蛋动手，就栽他一赃，不想被你给撞上了，这亏可是吃大啦！

这位哥哥一连碰了两个钉子，气得不行。想想《水浒》里讲的忠、义、仁、德，也就算了，剩下一点钱，买了一把纸伞，便唉声叹气往回走去。刚走到城外小河边，只见一个瞎子摸摸索索要过小桥，哥哥心想，这瞎子怪可怜的，倘就这样过桥，极有可能会失足掉下河去，那怎么得了！想到这里，他赶忙跑上前去，对瞎子说："过河危险，你抓住我的伞头，我牵你过去吧。"瞎子听了，大为感动，连声道谢。过河后，瞎子却一边说着"谢谢"一边抓住雨伞不放。哥哥说："不用谢了，你把伞放了罢。"那瞎子却说："你放手呀，难道你牵我过了河，就要我送伞酬谢吗？"反倒说这把雨伞是他的。两人于是在桥头争了起来，引得过路的、种田的都来围观，其中一人说："你们谁也别争，谁能说出有什么记号就是谁的。"哥哥说："我刚买的一把伞，还没回家呢，哪有什么记号？"瞎子却说："我一个没眼睛的，写什么记号也没用，所以我买了伞后，用手摸到了，伞头上的篾箍是七个圈，以此为暗记，诸位请帮助算算，是不是七个圈？"有人便算了算，果然是七个不差。这下子，围观的人都指责起哥哥来，说你要谁的东西不好，太不该欺负到一个瞎子头上了。直气得哥哥捶胸顿足大呼冤枉。

听了哥哥的叙述，弟弟亦很气愤，心想原先劝哥哥不要看《水浒》，也是怕他把人心看得太善了，万一碰上坏人吃亏上当。不料如今世风日下，人心不古，竟到了这等地步，真是不可思议，怎么也就没有个官衙管管呢？再一看哥哥那副可怜的样儿，想想外面那些吃人扒皮明枪暗箭的可恶的家伙，不禁又怒从心头起，恶向胆边生，心想不治治他们，一来难消胞兄这口恶气，二来地方上也不得安宁。于是他劝哥哥少安勿躁，吃饱睡好，待明天小弟为你报仇雪恨。

当夜无话。翌日早起，弟弟便来到了城外的小河旁，单等那恶瞎子出现。不久，果然又见那瞎子挂了棍子摸到了河边，正要上桥。弟弟忙从后面跟上，说："这位大哥眼睛不便，过河危险，待我来牵你吧！"说毕牵着瞎子上了桥。待走到桥中间时，弟弟冷不防猛地一把将瞎子推到桥下，跌入水中。然后又装成从远处赶来的样子，跳下河去将其救起，口中连说："你什么时候得罪了他，他为何要害你？"瞎子忙问："推我的人是谁？"弟弟说："我看得真真切切，就是瓷器店的店小二。"瞎子狠狠地说："好呀，他竟敢谋害我，看我怎么收拾他们。"然后又问弟弟，"太谢谢你了，请问你是哪一位呢？"弟弟连说："不用谢，救人是应该的。我嘛就是汤圆店挑水的，是我早起上河里挑水，看到店小二推你下水的。"接着说，"你快回去换衣吧，别感冒了，我要去挑水了。"瞎子谢过了，即时敲着棍子、气咻咻地往瓷器店走去。进得店门，不问三七二十一，挥起棍子一顿好打，将满店的瓷器打得唏里哗啦。店老板丈二和尚摸不着头脑，一迭声叫苦。听了瞎子的夹骂夹叙，才知是汤圆店的挑水汉嫁的祸。想这店老板也不是吃素的，一气之下，带店小二等一干人马，揪着瞎子，跑到了汤圆店，连锅带灶连水带油连面粉带佐料统统扫荡一遍。就这样，三个主儿扭成一团，不可开交。一边乐坏了看《三国》的弟弟，直跟随他们看着打得难分难解，方才回家。

哥哥听了弟弟的叙述，长舒了一口气，心中颇为感激，口里却说："好是好，可就是未免太残酷了些。你怎么会想得这等周全呢？"

　　弟弟说："《三国演义》里面有计谋,叫'孔明一计害三贤',这不,我搬来用上就是了!"

　　通过这一场风波后,哥哥终于听了弟弟的话,从此改弦更张,丢掉了《水浒》,看起了《三国》。

(2002年5月作于南昌三纬书屋)

马虎一点

　　我的一位友人长得身强体壮，血气方刚，却不幸患了癌症，一病不起。眼见得几天功夫，先是手术，接着化疗，一个响当当的汉子就整得不成形了。医生判定，没几个月时间可活了。

　　朋友们在一起谈论这位友人，总是一阵唏嘘，无限感叹。大家比较一致的看法，是认为他这人一生别的都没得说，就是对事情太认真，凡是自己想办又觉得能办成的事，非要达到目的不可，甚至不惜与人争辩拍桌子，找领导告状找别人评理，常常气得脸红脖子粗，喊得口干舌燥，还会回到家一个人生闷气。所以大伙猜测，患上恶病，或许与这个性情有关联也未可知。

　　由此想来，一个人活在世上，确实对什么事都不宜太认真，还是马虎一点为好。因为你要是认真，那生气的事可就多了，恐怕有好大比例的人足可气病气死。比如在生活上，天天要吃要用的，有哪一样可以放心？有什么不会受骗上当？你根本防不胜防。买早点吧，面粉类的都有雕白块；买肉可能是猪婆肉；买菜可能还残留有农药；买牛奶常常买的是奶粉冲的；买黄豆自己磨豆浆，黄豆又有染料。就连大米也有增白剂，抓一把手上一层白，你气不气？出去喝酒一不小心喝上假酒，里面有"敌敌畏"，喝得头疼难忍；吃点海鲜又会吃进伏尔马林，叫你拉肚子不算，还会中毒。生病了呢？那就更惨了，吃了假药，若是小灾小病还不要紧，挺一挺也就过去了，若是大病，那就死路一条。就是真药，那价格也高得要命，层层剥皮，最后都压到病号身上。工作中呢？气人的事就更多了。凭什么我拿几个死工资做的事却不少，而你却十万百万的捞却不费吹灰之力？为什么我晚上工作到零点第二天还要准点星期天又要加班加点，而你却花天酒地尽情享受夜生活第二天还可以不上班？还有我做的成绩不小贡献不少能力也不比你差甚至比你强十倍百倍却总是原封不动官不加爵不晋，你却青云直上高官任做骏马任骑？记得有一次我去看望一位住院的老处级干部，他对我发牢骚说，他妈的有些人狗屁不值却连连往上爬，咱却只能到处级为止。别的无所谓呀，一生病住院可就不平衡啦。瞧，我一大把年纪就只能住这样闹腾腾的普通病房，什么条件也跟不上。吃药呢，又规定了许多，上升一级就可享受保健药，可有些是治心脏病、高血压的，哪是什么保健药？是救命药嘛，你处级以下的就不给吃，这是什么道理？还有这年头讲究年龄文凭，有的人就像孙悟空那样会变，年龄越来越轻，文凭越来越高。据说只要有钱或者有权，什么事都能办成。那么社会大多数的无钱无权者，不是什么事都办不成么？岂不活活气煞人也！

　　要我看呀，所有这些都不必认真，都应马虎一点。你怕吃进毒素，就多洗几遍米，多泡几遍菜，少喝外头的酒，多吃自家的素，保准一般无事，而且保准粗茶淡饭比大鱼大肉对身体有益得多。经济上的差距也好说，钱多多花，钱少少花，我与你比清静处世不争花天酒地，修身养性一定安稳得多。就是有了病，也应该马虎一点对待。俗话说，"吃米谷生百病"，谁能保证一辈子健康呢？病既来了，就要一边积极治疗，一边泰然处之，此时"生死

由命，富贵在天"的话就派得上用场了，治得好自是皆大欢喜，治不好也无非一命呜呼而已。任何人都免不了有一死的，又有何了不起呢？真的这样想了，精神就好多了，说不准精神之力与医药之力结合，还能转危为安哩！至于官场上的事，则更不可当真，人的本性是这山望见那山高，得陇就望蜀的，当了处长想当厅长，当了厅长又想当省长，恐怕极少有满足现状的，除非他有自知之明。且官场上总是僧多粥少，又有许多因素在制约着升迁进取，你硬去挤这一碗粥干嘛呢？就是挤破了头挤乏了力挤到手了，又有多少意思？还不是《红楼梦》说的，"古来将相知多少，荒冢一堆草没了"？总的一句话，人皆有七情六欲，这情和欲是永远也难得满足的，你要过于认真，就会被情、欲所累，直把你累垮、累死。你如果马虎一点，淡然处之，满足于既得，不强求于未得，就会永远去享受生活，乐于事业，做一个潇洒愉悦、身心皆健之人，岂不快哉！

当然，话说回来，人生也并非一切都要马虎一点，该认真时绝对要认真的。譬如对手头的工作肩头的职责，对父母妻儿的应尽义务，对正直诚信的做人品行，对热爱祖国善待他人的道义之感，乃至对坏人坏事嫉恶如仇的正义之心，那就得十二万分的认真实行，来不得半点马虎！可谓"见善不怠，行义勿疑，去非勿处"是也。这是本文题外之义，这里就不赘述了。

（作于2002年10月作于南昌三纬书屋）

气量

引出这个题目的，是一则关于三国时的趣闻。

话说东吴联刘抗曹，请了诸葛亮前来商议军机大事。一日周瑜在军中设宴，酒过数巡，菜过五味，周瑜忽然对孔明道："我等久议军务，甚是劳累，今日稍有空闲，不妨找点乐趣，松松脑子，孔明先生以为如何？"

诸葛亮摇了摇鹅毛扇，欠身答道："亮愿助都督一乐尔。"

周瑜便说："我今出一上联，请先生一对，若对得上，本督有赏；若对不上，则军法论处。"

众将官面面相觑，对周瑜之用意心中皆明白了几分，想今儿个这孔明先生又遇一难关矣，看他如何作答。不料诸葛亮依然不动声色，口中只吐出一个字："然。"

"军中无戏言，"周瑜严肃起来了，一本正经地对诸葛亮说，"先生可立军令状否？"

　　诸葛亮淡淡一笑，点头答曰："可以。"

　　于是文书人员端出文房四宝，周瑜、诸葛亮各自在军令状上签了名，这场"找乐"活动便开始了。只见周瑜双手撑案，歪头略一思索，便念出一联，联曰：

　　　　"有手便是扭，无手便是丑，去掉扭边手，

　　　　加女便成妞。隆中有女长得丑，百里难挑一个妞。"

　　诸葛亮知道，周瑜这是在嘲笑自己。他老婆黄氏出身隆中，长得奇丑，谁人不知？可他并不气恼，只露出一丝难以觉察的冷笑，答道：

　　　　"有木便是桥，无木便是乔，去掉乔边木，

　　　　加女便成娇。江东美女大小乔，曹操铜雀锁二娇。"

　　周瑜一听，这岂不是在奚落自己的夫人么？当年东吴有美女大乔、小乔，才貌双全，大乔许配给了吴主孙权，小乔则为周郎之妻，这是天下之美谈了。周瑜对小乔恩爱有加，是断不许别人稍有欺侮的。此刻周瑜怒发冲冠，正要发作，一旁急坏了鲁肃，他思忖大战在即，全仗两位高人指挥策划，倘有内部冲突，招致不测，岂不要坏大事？想到这里，鲁肃连忙起立，躬身向前，对周瑜道："都督，肃虽不才，也来一联，助助酒兴如何？"紧接着他一捋胡须，开口道：

"有木也是槽，无木也是曹，去掉槽边木，
加米便成糟。当今之计在破曹，龙虎相争岂不糟？"

　　话音刚落，众将官连忙击掌喝彩。

　　周瑜看诸葛亮对答工整，无懈可击，且又有鲁肃从中解围，只得见好就收，把打落的牙往肚里吞掉了。

　　其实周瑜要除掉诸葛亮，这是早有预谋的事。自打鲁肃从江夏把孔明接来共商联合抗曹大计以来，周瑜就发现这位羽扇纶巾的先生非同小可，自己虽足智多谋，勇冠三军，但远不是他的对手。于是想方设法要难为他，以便他一步不慎时便可下手。诸葛亮在江东时间不长，却连遇草船借箭、七星台祭东风等常人不可想象的大难，要不是孔明先生大智大勇，恐怕曹操未破，自己却早成刀下鬼了。

　　这就足可看出，周瑜的气量委实小得出奇。他身为一国之帅，深得其主倚重。早在孙策临终时，就曾嘱咐执掌东吴的弟弟孙权："外事不决问周瑜，内事不决问鲁肃。"按说周瑜本应虚怀若谷，有能容天下难容之事的雅量。当然，如果因是敌国之智囊，必以计谋灭之，倒也情有可原。可当时是三国鼎立，曹操气势压人，东吴犹如累卵，有一击即垮之虞，只有联合同样弱小的刘备，共同对付曹操，才能自保。这应是东吴的立国之策，丝毫不能动摇的战略方针，料周瑜不会不知。那么他对诸葛亮的打压迫害，就决非灭敌存己之计，而是完全出于嫉妒之心了。想周瑜任东吴都督时，年方二十八岁，且长得相貌堂堂，一表人才，于他而言，自然是夸赞之声灌耳、奉承之态满目了。他以为自个儿才比孙武，貌超吕布，一心要当个天下第一，谁料想从南阳隆中杀出一个卧龙，超过了自己许多，怎肯甘休？于是便一门心思琢磨如何搞掉他，哪怕是强敌压

境胜负难测之时，也不放松这一图谋。这就很可恶，并且难怪被后人所鄙弃了。

三国时像周瑜这般气量狭小的，其实还有人在。比如与孔明并驾齐驱的凤雏先生庞统，就因取西川时想争个头功，驱兵急进，结果被乱箭射死在落凤坡。这位曾为孙刘破曹献了连环计立了盖世大功的英才，死时才三十挂零，满腹经纶没有用上即如烟一般消失了，甚为可惜。就是刘备本人，尽管他在弱势之时屈尊求贤，仁慈治军，以极善之名集中了许多良将精兵，形成了气候，但最终也还是因气量太小而误了大事。本来作为一国之君，任何时候在任何事情上都应以国计民生为重，趋利避害，以求自保。可他却死守与关张"不求同日生，但求同日死"的诺言，当闻知关羽在荆州被孙权所害时，竟不听孔明苦劝，不顾联吴抗曹这一西蜀立国之大政方针，尽起三军杀奔东吴而来，且昏聩到只有悲伤、听不进一言一计的程度，犯兵家之大忌，依山傍草连营三百里下寨，被东吴小将陆逊一把火烧个精光，自己也气得吐血，恨死在白帝城。

论本事，这些人物都是历史的造化，亦是能创造历史之人。可就是因了气量太狭小，落得个悲惨的结局，也给后人留下了许多扼腕叹息。你看周郎，自己一而再再而三地要加害孔明，殊不知当时是刘备羽毛未丰，尚无立足之地，需要借助东吴击败曹操，尔后才能走出危局。所以诸葛亮是一忍再忍，巧妙周旋。待到刘备得了"人和"，渐成态势之后，孔明先生便针对周瑜的这个"小气劲"，连气三次将其气死。就是在将死之时，周郎还在大声质问苍天："既生瑜，何生亮！"又喊出了自己狭小的胸怀。

每每读到这些历史，总是摇头叹息。我们人类的性格类型是不可胜数的。气量狭小之人古来有之，今朝也不乏其人，恐怕将来也难以绝迹。有的人既想自己好，又不愿意看到别人强，于是便千方百计绞尽脑汁，什么能搞垮对手就使出什么歪招，简直令人发指。有的自己没啥本事，对有本事的人就横加责难，你在使劲干事，他就在使劲捣乱，直弄得你干不成事，这就叫"干的不如看的，看的不如捣乱的"。还有的猜疑心十足，主观武断地将人画线，硬要把一些贤德之才划到自己的对立面去，再进行刁难压制，只要我认为你不是我的人，不是在为我谋事，你就休想得到好处，哪怕将你的聪明才智埋没掉算球！如此等等，可能在社会上不会少见。其实这些气量狭小之辈是一计害了"三贤"。被他打压的自是倒了大霉了，即便有满腹才华一腔壮志，也只能浪费资源，从上帝那儿带来再带回到上帝那儿去。那么对打压之人又如何呢？古今均有例证，是得不到半点好处的。因为加害别人的人，必将为人所识破；容不得人也就难办成事，自己的才智也必然受到牵制，发挥不了。一如下跳棋，一心想堵对方的人，自己的棋子也会误了时机，搞不好就吃败仗。有道是"路遥知马力，日久见人心"，到头来气量小的人终会被人耻笑，落个身后名声不好。更有甚者，气量小的人一旦掌了权，则他的权越大，被打压的人才越多，越有损国家人民利益，其隐形之罪恐怕还比贪污受贿者大得多呢！

由此看来，为人处世切莫鸡肠狗肚，小里小气。而应容人之所难容，谅人之所不谅；多些理解，少些计较；视吃亏为福，以让人为荣。这样，就能做人做得轻松愉快，襟怀坦荡；当官当得挥洒自如，德高望重。于国则泽被千秋，于人则各得其所，于己则口碑甚佳。若人人如此，则社会幸甚，百姓幸甚，有何不好？

（2002年10月作于南昌三纬书屋）

观遛狗者

一日看报，读到一篇杂文，颇有同感。

那杂文写了一件现代生活中常见的事儿：都市晨练的人中，有一些"休闲一族"，多为妇女，有年轻漂亮的，也有中年富态的，她们大都身穿宽松的晨练服装，脚蹬一双白黑相间的运动鞋，手提一根绳子，绳子的另一端——她的前面，是一只可爱的小狗。因是早晨空气特清新罢，那小狗显然精神极好，兴致蛮高，一会儿欢快地跑一阵，那妇女便仰起头儿、凸出肚子，紧忙跟了跑步；一会儿小狗不跑了，悠悠然看花嗅草撒尿，那妇女便又放慢了脚步，跟着小狗闲庭信步。如是反复多次，妇女的额头上、发根边便已沁出了一层汗珠子，喘气的频率也加快了许多。人称这一活计为"遛狗"。

杂文作者发出慨叹：想这根绳子，到底是谁牵谁呢？与其说是人牵狗，倒不如说狗牵人更为贴切。

我没有养狗，也无其它宠物。但我想，为何要养？无非是两种原因，一是富得无聊，花重金买条狗呀什么的玩玩开心；二是寂寞难耐，用宠物来打发时光。不论哪一种，我想都是一个"玩"字——当成玩物，调节身心，松弛神经，让生活多点欢乐少点烦恼。然而玩物本应是人玩它的，过分宠爱便是它玩人了，真的不划算。

这样推而开去，却发现人生一世，颠倒了的事儿还真不少。比如喝酒，兴趣来时呼朋唤友饮上几杯，不失为赏心乐事。可一放量，喝过了，醉得人事不省，要么口无遮拦，胡说八道，得罪别人，损害自家；要么一脚踩虚，跌个鼻青脸肿，或一命呜呼。这便不是人饮酒，而是酒吃人了。又如打牌，牌也好，麻将也好，本为娱乐而制，倘在休息日，玩上一把，可以愉悦身心，可以联络感情，应是好事。然而若加入一个"赌"字，勾起贪欲，夜以继日，通宵不眠。若是赔得红眼，搭上家当，回去与老婆吵架，出门抢人钱财，弄不好搞出人命，落得个遭人唾骂而亡。被这条"狗"牵着了可就惨了。

据说乾隆皇帝游江南，在大运河边指着满河艨艟，问纪昀，这河里到底有多少条船？晓岚答曰：两条，一条为名，一条为利。除此并无第三条。乾隆愕然。可见人生在世，名利二字，谁都难

逃。出了名当然好，人前身后夸赞不绝，且利随名来，好日子也可以先过了。获了利更好，吃喝玩乐不愁，还招致人见人羡。问题在于怎么取得名利呢？孔夫子说君子爱财取之有道，这一个"道"字便藏了无限玄机。在"道"上求取，凭德才获得，无论功名富贵，皆得其所，值得彰显。可惜有不少人不是这样，而是偏爱走旁门左道。比如靠正当渠道赚不到钱，便去巧取豪夺，"文"的是拉拢官员，挖国家的墙脚，"武"的是打家劫舍，偷抢劫掠。此等人即使有可能得逞于一时，到头来好像没几个是有善终的。这不是被恶狗所牵，掉进万丈深渊了么？又如做官，本为公仆，事实上还有权力，由权力而有风光、贵相，不仅祖宗光耀，且能平生出好多亲戚兄弟，要与你交朋结党的也顿时多了起来。这一来好多人都想做官了。须知按"道"而言，做官是要有官德官才的，而那些无德无才者便极尽投机经营之能事，捞个一官半职。当上官了，便是"狗牵人"了，一方面以权谋私，搞权钱权色交易，另一方面还在想往上爬，染上了官瘾，不能自拔。大凡此等官，就不仅是被"权力欲"这条狗牵了走，而且自己也变成了一条恶狗，弄不好还会把别人牵下泥潭深渊。

古语有云：名利乃身外之物，生不带来死不带去。《红楼梦》里的"好了歌"，写的是何其好也！可就是有那么些人悟不透，把权钱看得太重，嘴里刚说"看破红尘"、"看穿世故"，车转身就为几个钱大动干戈，为一顶小小乌纱害人伤民。即使像胡长清、成克杰者流，坐上了如许高位还不满足，叫百姓如何想得通？可见人的欲望永无止境，倘若缺乏克制之意志，就必然会拣小便宜吃大亏的。

看来，人生一世，确实经常要想想，究竟活的是谁为谁？

（2002年8月3日作于南昌三纬书屋）

后 记

编完这本集子，我总觉得有几句话要说。

何为独行？古人云："我或读经罢，独行观水痕。"我的乡贤、国学大师陈寅恪有名句云："自由之思想，独立之精神。"我想，崇尚独立精神，放飞自由思想，担当社会责任，淡化名利追求。应该就是我的独行主张。人生若果能达此境界，就能尊享独行之乐。

纵览我这一生所走过的路，大抵是与众不同的另类选择。少年当民办教师时，总是心猿意马，躁动不安，那时唯有一个想法，就是要跳出大山，跳出农门，跳出苦难，于是踊跃报名参军。到了军界，整整奋斗了20年，正值红得发紫之时，我却突然"大江歌罢掉头东"，转业地方工作。在地方，我可以说是进入了当代中国政界最耀眼的位置——组织部门，而且又是芝麻开花节节高，直干到部领导的岗位。在绝大多数人的眼里，我是轻易不会离开的。可我竟然做出了令许多人不得其解且大为惋惜的决定，急流勇退，转到了出版集团工作。这么一条轨迹，竟形成了一个怪圈：由最初的从文，到弃文从武，再到弃武从政，最后又是弃政从文。从搞文化开始，到搞文化终结。起于文而终于文，似乎与文化结下了不解之缘。这是不是人生的定律？我这样踽踽地一路走来，虽也有说不尽的酸甜苦辣，记不完的盈亏得失，然终为能昂起头、挺起脊梁走路而痛快，也终为能"我思故我在，我在故我言"而欣然，还终为能避开许多俗流烦恼、看清许多世态炎凉而感慨。友人朱向前君赞之曰："大好啊！"

我的独行不是特立，并非"过言不再，流言不极；不断其威，不习其谋。"更不敢"若伯夷者，特立独行，穷天地亘万世而不顾者也。"我的独行，充其量只是性格的修炼，情感的寄托，是自我心灵的洗涤，是披肝沥胆的咏叹。可谓"世治不轻，世乱不沮，同弗与，异弗非也。""信道笃而自知明者也。"如是，知我者了然，亲我者安然，观我者释然。

非常感谢我的至爱亲朋，一路上，他们对我关怀备至。对我的选择，不理解时为我担忧惋惜，理解时为我赞许叫好；有业绩鼓舞我，遭坎坷鼓励我；遇困难同划策，见不平共愤慨。因此我说，我的独行并不孤独，一路上有同仁，有声援；有驿站，有港湾；有景致，有思辨；有品茗之雅，有醉饮之趣。更有申义立言之慨，有寄意山河之怀，有贯古通今之畅，有挥洒恣肆之情。

禅者曰：独行天下，何其快哉！

（2014甲午吉日记于南昌孤云阁）

图书在版编目（CIP）数据

独行的咏叹 / 朱法元著. -- 南昌：百花洲文艺出版社，2014.8

ISBN 978-7-5500-1009-3

Ⅰ.①独… Ⅱ.①朱… Ⅲ.①散文集—中国—当代Ⅳ.①I267

中国版本图书馆CIP数据核字(2014)第157342号

独行的咏叹

朱法元　著

出 版 人　姚雪雪
责任编辑　赵　霞　朱　强
美术编辑　雨　葭
本书插画　袁青林
制　　作　张诗思
出版发行　百花洲文艺出版社
社　　址　南昌市红谷滩世贸路898号博能中心A座9楼
邮　　编　330038
经　　销　全国新华书店
印　　刷　江西华奥印务有限责任公司
开　　本　720mm×1000mm　1/16　印张　17.25
版　　次　2014年10月第1版第1次印刷
字　　数　250千字
书　　号　ISBN 978-7-5500-1009-3
定　　价　37.00元

赣版权登字　05-2014-198
版权所有，侵权必究

邮购联系　0791-86895108
网　　址　http://www.bhzwy.com
图书若有印装错误，影响阅读，可向承印厂联系调换